우리의 겨울이 호주의 여름을 만나면

우리의 겨울이 호주의 여름을 만나면

초 판 1쇄 2023년 08월 02일
초 판 2쇄 2024년 08월 27일

지은이 최화영
펴낸이 류종렬

펴낸곳 미다스북스
본부장 임종익
편집장 이다경, 김가영
디자인 윤가희, 임인영
책임진행 이예나, 김요섭, 안채원

등록 2001년 3월 21일 제2001-000040호
주소 서울시 마포구 양화로 133 서교타워 711호
전화 02) 322-7802~3
팩스 02) 6007-1845
블로그 http://blog.naver.com/midasbooks
전자주소 midasbooks@hanmail.net
페이스북 https://www.facebook.com/midasbooks425
인스타그램 https://www.instagram/midasbooks

ISBN 979-11-6910-294-0 03810

값 **19,000원**

🏃 **미다스북스**는 다음세대에게 필요한 지혜와 교양을 생각합니다.

우리의 겨울이 호주의 여름을 만나면

20대에는 워킹홀리데이, 40대에는 힐링홀리데이

글 사진 최화영

미다스북스

여행이란 반복되는 일상을 벗어나

내가 어떤 사람인지 알게 되는 일이다.

깜깜한 방에서 눈을 떴다.

지금 여기, 호주가 맞지?

설레는 마음으로 나에게 속삭였다.

강렬한 빛이 새어 나오는 방문을 열면

끝없이 펼쳐진 시드니의 지평선이 한눈에 들어온다.

풍성한 크레마의 커피가 담긴 머그잔을 손에 쥐고

발코니에 몸을 기댄다.

티끌 하나 없이 맑은 공기를 힘껏 들이마신다.

지나온 내 삶, 그 어떤 날보다도 오늘이 가장 멋지다.

나는 지금 호주다.

우리가 여름으로
떠난 이유

덜컥 마흔이 되었다. 나이는 숫자에 불과하다지만 나에게 마흔의 무게는 결코 가볍지 않았다. 아이들은 어느새 훌쩍 자라 신중한 훈육이 필요해졌고, 직장에서는 기댈 수 있는 선배보다 보듬어야 할 후배가 더 많아졌다. 나잇값을 해야 한다는 부담은 욕망과 동시에 나를 무겁게 짓눌렀다.

시험기간에는 평소 거들떠도 안 보던 책이 읽고 싶어지듯 책임이 무거워지니 핑계를 만들어 달아나고 싶어졌다. 시험 볼 준비가 안 됐으니 도망치고 싶은 마음이랄까.

몹시 추웠던 마흔 살 겨울, 나와 아이들은 지구 반대편 호주의 여름으로 달아났다. 20대에 워킹홀리데이로 다녀온 호주를 40대가 되어 다시 찾은 이유는, 젊음을 불태웠던 기념적인 장소에서 내 인생을 다시 시작해보고 싶었기 때문이다. 나는 호주에서 모든 것을 리셋하고 아이들과 배거본딩*을 시작했다.

(*배거본딩(Vagabonding, 방랑 또는 유랑) 잠시 머리를 식히기 위해 여름휴가에 떠나는 여행이 아닌, 더 긴 시간을 들여 더 깊이 관찰하며 세상을 걷는 여행 전통을 말한다. 일상에서 최소 6주 이상 벗어나 충분한 시간을 갖고 떠나는

여행일 때 비로소 일상과 삶을 새롭게 바꿔나갈 수 있다. - 팀 패리스의 『타이탄의 도구들』의 「배거본더가 되어라」 중에서)

우리의 겨울이 호주의 여름을 만나 얼어 붙었던 내 시계가 다시 돌아가기 시작했다. 그곳의 일상은 제멋대로였지만 그 나름대로 의미가 있었고 나는 그 의미들을 책으로 엮었다. 이 책은 다른 여행서적들과는 달리 구체적으로 짜인 빡빡한 일정을 소개하지는 않는다. 배거본딩은 내키는 대로 걷는 데 충분한 시간을 쓰는 여행이기 때문이다.

여행이 일상이 되고 일상이 모험이 된 두 달간의 배거본딩은 내 인생에서 가장 잘한 일이 되었다. 아이 둘과 타국에서 두 달이나 시간을 보내는 일은 적잖은 비용과 수고가 들어가는 일이었지만, 배거본딩이 아니고서는 얻을 수 없는 귀중한 의미들이 남았다. 체력이 허락하는 마지노선의 나이에 흔치 않은 경험을 해볼 수 있어서 얼마나 행운인지 모른다.

기꺼이 나를 믿고 힐링홀리데이를 허락한 남편과, 나를 순순히 따라온 아이들에게 넘치는 고마움을 전하며, 여행을 앞둔 독자들이 배거본딩의 묘미를 만끽해보기를, 타국에서 누렸던 젊은 날의 자유를 추억하며 다시 찾아갈 날을 꿈꿔보기를 간절히 바란다.

오랜만이야, 시드니

에필로그

두 번째 호주가 나에게 선물한 인생

294

부록

우리의 겨울이 호주의 여름을 만나면

모든 순간이
나였던 날로

그 많던 워홀러들은 다 어디로 갔을까?

_똑똑, 지금 당신인가요

한인슈퍼에서 〈해피투게더〉가 녹화된 비디오테이프는 인기가 좋았다. 조지스트릿에는 바비큐소스를 무한정 뿌려먹을 수 있는 $5 스테이크 가게가 있었다. 느끼하게 흘러내리는 노란 치즈와 짭조름한 소고기 패티가 일품인 헝그리잭스는 배고파 잠들지 못하는 워홀러들을 늦은 밤까지 환영했다. 버튼을 누르면 '뚜뚜뚜뚜뚜뚜' 소리와 함께 신호가 바뀌는 건널목. 그 옆 전봇대에는 '마스터룸, 세컨드룸, 거실 셰어 구함, 여자 환영'과 같이 셰어메이트를 구하는 종이가 다닥다닥 붙어있었다. 세계 각지에서 온 셰어메이트들은 소파와 바닥에 옹기종기 모여 앉아 라면을 끓여 먹고 예능프로를 시청했다. 상자에 든 싸디싼 와인이 바닥을 드러낼 때까지 재수 없는 외국인 녀석의 인종차별, 머리가 벗겨진 게이 보스, 예쁜데 암내 나는 서양여자 이야기로 수다는 끝나지 않았다. 그곳에는 농장에서 한 달에 500만 원을 거뜬히 벌고, 오피스 청소로 시급 $10를 넘게 받던 청년들이 있었다. 인도, 일본 등 세계 각지에서 온 워홀러들은 주말에 맨리나 본다이 비치에서 발리볼을 즐겼다. 현재를 방황하고 미래를 고민하는 젊은이들이 쉬어가던 달링하버의 야경과, 따끈하게 목구멍을 적시던 길거리 플랫 화이트(flat white) 커피 맛은 잊을 수 없다.

그 많던 워홀러들은 지금 어디에 있을까?

매일 아침 아이들을 등교시키고 꽉 막힌 도로를 빠져나와 서둘러 출근 도장을 찍는다. 주식창을 열어 어제의 미장과 빠듯한 예수금을 체크하고 한숨을 쉰다. 어제 남겨둔 일과 오늘까지 처리해야 하는 서류를 차곡차곡 살핀다. 점심을 먹고 밀려온 졸음을 쫓기 위해 여름 휴가지를 검색한다. 퇴근 시간이 임박해 저녁 메뉴를 고민한다. 아이들 픽업과 간단한 장보기, 저녁식사 준비로 시간은 급물살을 탄다. 먹고 치우는 일과 씻기는 일, 아이의 숙제 점검으로 배터리가 소진되면 기진맥진 방전된 몸뚱이를 침대 속으로 겨우 밀어 넣는다. 밤 11시가 넘어야 찾아오는 혼자만의 시간, 어둠 속에서 잠을 미루며 스마트폰을 붙잡고 SNS를 들춰보다가 아이에게 화내지 말 걸, 내일은 더 잘해줘야지 반성하며 스르르 잠든다.

주말과 월급날은 기다려지지만 월요일과 마이너스 통장은 두렵다. 방구석 여행자가 되어 소파에 기댄 채 〈윤식당〉, 〈서진이네〉, 〈텐트

밖은 유럽〉, 〈걸어서 세계속으로〉와 같은 해외 로케 프로그램을 보고 있노라면, 호랑이 담배 피우던 시절이 돼버린, 그 옛날 20대의 내가 떠올라 입가에 엷은 미소가 피어오른다. 크… 나도 저럴 때가 있었는데, 라떼는 말이야.

똑똑, 혹시 지금 당신인가요?

그때의 워홀러들을 만나 우리가 포개지는 이야기들을 전부 꺼내어 밤새도록 수다 떨고 싶다. 불안정한 20대를 근사하게 통과했던 워홀러들이 다들 지금 어디에서 어떻게 살고 있는지 참을 수 없이 궁금해진다.

그러다 누군가는 비행기표를 알아보고
그 시절 추억이 담긴 사진과 일기장을 꺼내어도 보고
그때 인연을 맺었던 누군가에게 안부를 묻고
열정이 넘쳤던 20대의 나를 떠올려보면 좋겠다.

워킹홀리데이 아르바이트의 추억

_ 모든 순간이 나였던 날

2005년, 시드니

3개월 Aspect 어학원 과정이 끝나고, 가진 돈이 바닥을 드러냈다. 호주나라 홈페이지에 '패디스마켓 푸드코트 시급 $8' 아르바이트 자리가 올라왔다.

형광등 조명에 연두색 페인트가 촌스러운 한국 식당에서는 비빔밥, 제육볶음, 김치볶음밥 등 반가운 한식을 팔았다. 친절하게 나를 맞이한 젊은 사장은 오자마자 내게 계산대에 서서 주문을 받게 했다. 주방에서 준비된 음식이 나오면 내가 "No.84 비빔밥", "No.75 제육볶음"과 같이 주문번호와 음식을 외치고 손님은 주문한 음식을 받아가는 식이었다. 음식을 건네며 짧게 "Enjoy."라고 말하는 것 외에는 영어로 말할 일이 거의 없었다. 4시간 동안 키오스크가 된 나는 고작 '비빔밥'이나 '제육볶음'을 외치려고 호주에 온 것은 아니라는 생각에 시작한지 4시간 만에 일을 그만두기로 결심했다.

사장님은 정확히 일한 시간을 셈하여 대가를 주셨다. 나중에 그 식당 옆을 우연히 지나가다가 계산대 앞에 서 있는 여자아이를 보았다. 사장은 그녀에게 "목소리가 작으니 손님이 모두 들을 수 있게 큰 소리로 말해."라고 지시하고 있었다.

달링하버 쇼핑센터 한가운데 있는 '나리타(Narita)'는 벤또와 돈가스, 샐러드와 사시미를 파는 일식당이었다. 아버지 가게를 운영하는 한국인 여사장은 호탕한 성격에 사업가적 면모를 두루 갖춘 사람이었다. 나는 그녀 밑에서 일하는 법을 제대로 배웠다.

손님들은 테라스 입구에 서서 메뉴를 정독했다. 행주를 든 손은 등 뒤로 감추고, 메뉴를 고민하는 이들에게 환한 미소를 보내면 그들은 머뭇거리다가 가게로 들어왔다.

"Would you like some drink?"

메뉴만 주문한 손님에겐 반드시 이 질문을 해야 했다. 음료도 주문해야 매출이 오른다고 사장님으로부터 귀에 박히도록 들었기 때문이다. 마지막으로 한 번 더 물었다.

"Anything else?"

까만 공기그릇에 미소페이스트(Miso Paste) 한 스푼을 담고 뜨거운 물을 붓는다. 그 위에 잘게 깍둑 썬 두부와 말린 미역, 얇게 썰어진 파를 뿌려 두 바퀴 저은 후 주문한 음식과 곁들여 낸다. 간 양파와 간장, 식초와 설탕, 와사비로 풍미를 낸 소스가 싱싱한 채소에 부어져 샐러드로 나갔다. 갑자기 날아온 비둘기가 사시미를 훔쳐갈 수 있으니 조심하라는 당부도 잊지 않았다. 손님들은 때때로 음식의 조리법에 관해 묻기도 하고, 음식 맛과 특징을 재치 있게 표현했다. 나는 음식을 작품 대하듯 말하는 그들의 표현이 좋았다. 흡족한 식사 후 남기고 갈 짭짤한 팁도 기대가 되었다.

스물셋의 10월, 시드니의 여름과 함께 한국으로 돌아가 졸업 논문을 써야 할 시간이 다가오고 있었다.

좋았던 날들은 늘 잔인하다

_오직 꿈에서만 만날 수 있는 좋은 시절

"띠— 띠— 띠—." 빨간 노키아 기계음에 눈을 떴다. 컴컴한 방에서 조용히 가방을 챙겨 나왔다. 하얀 입김이 보이는 새벽, 어둠을 밀어내는 아침햇살을 온몸으로 받으며 Central역을 향해 걸었다.

역에 도착하기 100m 전, 향긋한 커피 냄새가 코를 찌른다. 우유 스팀기가 내뿜는 증기기관차 소리와 공중으로 퍼지는 허연 스팀을 지나쳐 지하철 계단을 턱턱 내려간다. 일주일간 사용할 RED LINE 패스를 빠르게 구입하고 막 도착한 열차에 몸을 실었다. 목에 걸린 아이리버 MP3 플레이어에서는 에이브릴 라빈의 노래가 흘러나온다. 이윽고 창 밖으로 어둠을 걷어낸 파란 하늘 아래 오페라 하우스가 모습을 드러냈다.

지하철이 지나치는 시드니의 풍경을 차곡차곡 눈에 담다보면 어느새 고든역에 도착한다. 시티로 향하는 직장인들과 등교하는 학생들을 거슬러 작은 육교를 건너면 세 번째로 보이는 가게가 '고든카페(Gordon Cafe)'다.

"영어 실력이 어느 정도예요?"

한인 잡지에서 구인광고를 보고 면접을 갔을 때 한국인 여사장님이 물었다. 나는 한국인 앞에서 영어로 말하면 심장이 두근거리고 말을 더듬었다. 주어가 단수일 때 동사 뒤에 's'를 붙였는지, 관사 'a'나 'an'을 맞게 썼는지를 매의 눈으로 평가받는 기분이다. 기본적인 의사소통은 가능하다고 말하는 나의 영어가 궁색하지 않도록 자기소개를 외우고 또 외웠다. 친절한 여사장님과, 아내의 눈치를 보던 보스는 그 자리에서 나의 채용을 결정했다.

시급 $8로 시작하고 일이 손에 익으면 $10까지 인상해주기로 했다. 돈보다 좋은 것은 따로 있었다. 아침과 점심, 커피와 샌드위치를 공짜로 먹을 수 있다는 사실이었다. 집으로 되돌아오는 열차 안에서 히죽히죽 웃다가 발을 동동 굴렀다. 한국에서도 안 해본 카페 아르바이트를 호주에서 시작하다니! 게다가 커피와 샌드위치도 매일 공짜다! 매일 새벽 50분 동안 지하철을 타야 한다는 것쯤은 아무 일도 아니었다.

"안녕하세요!"

빨강 머리 앤처럼 활기찬 걸음으로 뛰어들어왔다. 시계는 6시를 조금 지나고 있었다. 7시부터 사람들이 밀려올 테니 서둘러야 한다. 부엌 안 비좁은 공간에 가방을 내려놓고 검은색 앞치마를 둘렀다. 손님들이 보스라고 불렀던 남자 사장님은 카페의 자부심인 커피머신을 열심히 청소했고 여사장님은 미리 장 봐둔 샌드위치 재료들을 꺼냈다.

스테인리스 재질의 사각 트레이를 진열대 위에 가지런히 놓는다. 슬라이서를 이용해 살라미, 터키, 햄, 비프의 순서로 얇게 자른다. 비프는 냄새가 고약하니 제일 나중에 잘라야 한다. 치즈는 자른 즉시 손으로 집기 편하게 모서리를 교차하여 쌓았다. 뒤이어 오이, 토마토, 양파도 잘랐다. 레터스(양상추), 비트루트, 선드라이 토마토를 트레이에 담았다. 레인지에 데운 뜨거운 닭가슴살을 한소끔 식혔다. 여사장님은 치킨 샌드위치의 맛은 '찢어낸 살'이 결정한다고 매일 말했다. 다른 가게는 편리하게 닭가슴살을 칼로 자르지만 우리는 닭고기의 결을 살려 찢기 때문에 훨씬 맛있는 치킨 샌드위치가 된다고 비밀처럼 속삭였다. 나는 고든 샌드위치에 자부심을 느끼며 더 촘촘하게 찢느라 장갑 낀 손톱에 힘이 들어갔다. 다 찢은 닭가슴살은 먹음직스럽게 보이도록 가지런히 쌓아 담았다.

전원을 켠 그릴 위에 버터 뭉치를 올려두었다. 버터는 그릴 위에서 빵에 바르기 적당하게 녹는다. 홀 솔트와 홀 페퍼를 그라인더에 각각 채우고 나면 밀려들 손님을 맞을 준비는 얼추 끝났다.

이쯤 되면 보스가 커피 한 잔 하겠느냐고 묻는다. 진하게 뜬 눈으로 고개를 끄덕이면 이미 그럴 줄 알았다는 듯 정성 들인 라테 아트로 채워진 커피 잔을 내미신다.

'아…'

행복한 신음이 반사적으로 터져 나온다. 목 뒤로 넘어가는 따끈한 우유, 입술을 누르는 꾸덕한 우유 거품, 코끝에 남는 구수한 원두 향. 우유와 커피, 어느 쪽도 양보하지 않은 궁극의 플랫화이트는 호주 최고의 커피였다. 커피에 취한 나를 깨우는 여사장님의 낮은 목소리가 등 뒤에서 들려왔다.

"빵 잘라야지…"

오늘도 불티나게 팔릴 빵. 이 빵이 가장 중요하다. 처음에는 빵칼로 샌드위치 번을 쓱싹쓱싹 잘랐는데 그런 내가 힘겨워 보였는지 전동 나이프를 사주셨다. 구운 지 한 시간도 안 된 신선한 빵은 잘못 자르면 촉촉한 속이 훅 눌려 모양도 안 예쁘고 샌드위치 재료를 덮지 못한다. 여러 번의 실패 끝에, 나는 자타공인 빵 자르기의 달인이 되었다. 정말 어려운 기술인데 살면서 써먹을 데가 없다는 게 흠이다. 정확히 일정한 크기로 잘린 빵을 보며 카페 식구들은 감탄사를 연발했다. 잘라둔 빵은 바구니에 담아 젖은 키친클로스로 잘 덮어 수분 증발을 최소화한다. 맛있는 고든 샌드위치의 비결 중 하나가 '빵의 촉촉함'이다.

"땅! 땅! 땅!"

커피 찌꺼기를 비우는 소리로 판매의 시작을 알리면 어느새 카운터 앞에는 긴 줄이 늘어선다. 이 시간은 늘 긴장된다.

"As usual!(늘 먹던 거요!)"

이렇게 말하는 단골들은 자기가 뭘 먹는지 내가 당연히 알아야 한다는 의미의 미소를 지었다. 그러면 나는 문제없다는 듯 그들의 기호를 내 데이터베이스에서 끄집어냈다.

"Turkey sandwith with no onion, large flat white decaf, right?"

샌드위치 빵의 종류(치아바타, 포카치아, 크루아상, 플레인 식빵 등)와 커피, 들어가는 재료에 따라 50센트씩 가격의 차이가 발생한다. 호주 화폐와 돈의 조각에 익숙해지기 위해 주문 연습을 수없이 되풀이 한 결과 복잡하게 메뉴를 말해도 금세 가격이 튀어나왔다.

정신없이 밀려든 손님들은 출근시간이 지나면 거짓말처럼 줄어든다. 그제야 카페 구석에 앉아계신 할머니가 눈에 들어온다. 할머니는 버터가 발린 촉촉한 바나나브레드와 플랫화이트를 드시고 계셨다.

"Did I pay?"

나와 눈이 마주치면 무슨 말이라도 해야 할 것 같다는 표정으로 천천히 물으신다. 돈을 내셨는지 기억이 안 나는 모양이다. 나는 할머니의 담백한 영어 표현이 좋았다. '내가 돈을 냈던가?'라는 말을 세 단어로 표현한 할머니 덕에 영어가 저렇게 쉬울 수도 있다는 사실을 알았다. 할머니는 자신의 일상을 나에게 천천히 들려주셨는데 몸을 기울여 그 이야기를 듣는 게 영어 공부에 큰 도움이 되었다.

테라스에 있는 테이블 위 재떨이에 커피 찌꺼기를 교체하고 테이블 정돈이 끝나면 심부름 시간이 된다. 울월스(마트) 바로 옆 빵집에 레진브레드(건포도 식빵)를 사러 간다. $4짜리 번을 8조각으로 자른 뒤 토스트로 판매하는데 두 조각에 $2.50를 받는다. 구매 가격과 판매 가격을 셈하며 이 장사는 정말 대박이라고 생각했다.

걸으며 구경하는 것이 즐거운 나는 마트에 갈 때는 일부러 한적한 골목길을 걷고, 되돌아올 때는 북적이는 차도 옆길로 걸어왔다. 아르바이트가 끝나면 동네 도서관에서 잠깐 책을 보다 온 적도 있다. 장본 짐이 무거워 끙끙댈 때는 핸섬하고 키 큰 남자가 나를 도와주겠다고 해서 얼굴이 붉어진 적도 있다. 샌드위치 케이터링이 잦은 마을 회관은 말이 마을 회관이지, 큰 교회처럼 웅장했다. 아랍 음식을 파는 레스토랑과 Westpac 은행을 지나쳐 다시 카페로 되돌아왔다.

점심때가 되면 손님들은 또다시 밀려온다. 이제 커피보다 시원한 음료를 많이 찾는다. 오렌지를 돌려 깎은 뒤 믹서기에 갈아 냉동고에 미리 얼려 둔 유리잔에 담아낸다. 얼린 유리잔 내부에 초코시럽을 둘러 바른 뒤 바닐라 아이스크림, 바나나, 우유를 갈아 만든 셰이크를 담아낸다.

아침보다 노련해진 손놀림으로 샌드위치를 쌌다. 준비한 재료가 거의 소진될 무렵, 놀랍게도 점심장사가 막을 내린다. 사장님의 기막힌 재료 예측 능력은 경이롭다.

퇴근 시간이 임박해 내가 먹을 샌드위치를 쌌다. 거의 모든 속재료를 욕심내는 바람에 식빵이 터질 것 같았다. 앞치마를 벗고 가방과 샌드위치를 챙겨 나가려는데 보스가 테이크아웃 잔에 커피를 담아 내민다. 감동의 눈빛으로 수차례 인사하는 날 보며 미소를 짓는 사장님들을 등지고 가게를 빠져 나왔다.

'되돌아갈 시간이야.'

꿈에서 깰 시간이다. 그 시절이 사무치게 그립다. 꿈인 줄 알면서도 눈을 뜨고 싶지 않다. 캐스퍼처럼 고든 카페에 찾아가는 꿈을 되풀이 해 꾼다. 눈을 감으면 기차역과 카페가 영화 속 장면처럼 생생하게 펼쳐진다. 다시 찾아간다면, 그곳이 없을 것 같다.

그러면 나는 울지도 모르겠다.

우리의 겨울이 호주의 여름을 만나면

떠나기 위한
준비

떠나지 못할까 봐

시드니 타워에서 피어몬트 브리지로 이어진 길을 걷다가, 달링하버가 보이기 직전 꿈에서 깼다. 이 꿈만 벌써 몇 번째인지. 대학 시절 열 달 남짓 머물렀던 시드니에 뭔가 중요한 것을 두고 온 사람처럼 방법만 있다면 다시 떠나고 싶었다.

둘째가 태어났을 때 이 아이의 초등학교 입학을 앞두고 육아휴직을 내면 워킹맘인 나도 장기간 여행이 가능하지 않을까 생각해봤다. 아득한 7년 뒤를 상상해보며 아이에게 젖을 물리다가도 히죽히죽 웃었다.

둘째가 다섯 살이던 해에, 코로나19는 하늘길을 막아버렸다. 하늘길이 열리지 않으면 호주로 떠나지 못할까 봐 조바심이 났다. 그러던 어느 날, 우리 가족에게도 올 것이 왔다.
2022년 3월, 우리 가족은 대국민 코로나 감염 릴레이에 동참했다.

아이들이 연달아 걸리는 바람에 2주간 집에 갇혀 답답한 나날을 보내다가 갑자기 이런 생각이 들었다.

'코로나까지 걸린 마당에, 그냥 가야겠다!'

신이 나서 항공권을 알아보기 시작했다. 아직은 하늘길이 다 열리지 않아 직항은 없고 홍콩, 싱가포르를 경유하는 항공편만 보였다. 홍콩을 경유하는 캐세이퍼시픽에는, 이코노미보다는 여유 있고 비즈니스보다는 부담이 적은 '프리미엄 이코노미' 좌석이 있는데 가격은 이코노미 좌석의 1.3배 정도였다. 비좁은 좌석에서 끙끙대며 비행기를 탔던 20대와 달리, 널찍한 좌석에 우아하게 앉아 영화를 보다가 시드니에 도착하는 40대의 나를 상상했다.

'그래! 돈은 이럴 때 쓰라고 번 거지!'

마흔에 꿈을 이뤄야겠다는 생각만으로, 연말 시드니에 도착해 아이들의 겨울방학이 끝나는 다음 해 2월 말 한국으로 되돌아오는 일정을 선택했다. 그때는 알지 못했다. 새해 불꽃 축제를 보기 위해 전 세계에서 몰려든 관광객 수요로 시드니의 연말 숙박비가 상상을 초월한다는 사실을.

결제 버튼 위에서 검지손가락이 가늘게 떨리고 있었다.

절반은 준비된 여행

_ 워홀러에게만 주어진 매직패스

"아빠도 없이 엄마 혼자요?"

주위에서 내가 아이들과 호주 두 달 살기를 간다고 하니 '뜨아' 하는 표정으로 나를 쳐다본다.

아이들과의 여행은 잠깐의 즐거움을 위해 많은 희생이 필요하다. 비행기 안에서는 아이들에게 내 양쪽 어깨를 빌려주느라 온몸이 쑤셨고, 관광지나 음식은 아이들의 컨디션이 결정했다. 엄마를 안 찾고 물에서 신나게 노는 아이들의 모습을 보는 것만으로, 그렇게라도 하는 여행은 늘 일탈을 꿈꾸는 나를 버티게 했다.

"스마트폰이랑 신용카드만 있으면 되지, 뭐."

나는 이렇게 대답하면서 호주에 다시 갈 수만 있다면 애 둘이 아니라 셋도 데려갈 수 있겠다고 생각했다. 왜 그랬을까?

다른 데라면 몰라도 호주만큼은 여행의 시작이 다르다. 보통은 여행지가 정해지면 가성비 최고의 여행을 즐기기 위해 인터넷을 뒤진다. 그러나 전직 워홀러인 나는 일단 호주에 가면 어디에서 뭘 할지, 그곳에 어떻게 가야 할지가 대충 마음속에 그려졌다. 그러니 항공권을 예약한 순간, 여행 준비는 절반 이상이 끝난 셈이었다.

나는 그곳에서 어떤 의미 있는 일들로 우리의 시간을 채울지, 나에게 어떤 정성을 들여볼 것인지를 고민했다. 어디에 가고 무엇을 할 것인지보다 마음가짐에 초점을 맞춰 계획을 세웠다.

첫째, 나와 잘 지내보자.
고독을 즐기고 마음이 기우는 대로 움직여보자. 영화 속 주인공처럼 낯선 거리를 어슬렁거리자. 갤러리나 박물관에도 가고, 한가한 오전에는 브런치 카페에 앉아 글을 쓰자. 하이드파크를 산책하다가 책을 읽고 낮잠도 자보고 싶다. 이국적인 식재료로 요리도 해봐야겠다. 언제 이렇게 살아보겠는가!

둘째, 아이들에게 시간과 마음을 쓰자.
내가 그랬듯 아이들이 호주에 자연스럽게 스며들면 좋겠다. 스포츠 센터, 놀이터, 박물관, 미술관, 공원, 도서관에서 심심할 틈 없이 해줘야지. 많이 안아주고, 들어주고, 허락해주고, 칭찬해줘야지. 엄마가 왜 호주에 오자고 했는지 설명하지 않아도 느낄 수 있게 행복한 내 모습을 많이 보여줘야겠다.

셋째, 마흔 이후의 삶을 고민하자.

도움닫기를 한다는 마음으로, 다시 태어난 사람처럼 마흔 이후의 삶을 새롭게 살고 싶다. 과거의 나를 되돌아보며 어떻게 살고 싶은지 고민하는 시간을 가져야겠다.

마음의 준비가 끝났으니 이제 짐을 싸볼까? MBTI가 ENFP인 나는 아무래도 좋다는 듯 캐리어를 한 달 동안 벌려 놓고 생각나는 대로 넣었다 뺐다를 반복했다. 나만의 특별한 준비물은 책의 부록에 실었다.

'본다이비치는 333버스를, 맨리비치는 페리를 타면 되겠군.'

검색도 안 했는데 비치에 가는 방법이 저절로 떠오르는 것을 보니 워홀러들에게만 주어지는 '매직패스'라도 있는 모양이다. 자, 그럼 난 이 매직패스로 호주를 어떻게 즐겨볼까?

상상은 현실이 된다

_ 여행에서 원하는 순간을 만나기 위한 나만의 방법

항공권을 예약한 후로 내 정신은 오로지 여행 시뮬레이션에만 몰입했다. 놀랍게도 이 글은 여행 전에 설렘을 가득 담아 쓴 글인데, 대부분 현실이 됐다.

공항 도착 후 체크인을 위해 줄을 선다. 기다리는 동안 캐리어 위에 걸터앉은 아이들과 무슨 이야기를 해볼까, 떠나기 전 설레는 마음을 **아이들의 영상으로 담아보는** 것도 좋겠다.

알람 소리에 맞춰 7시면 눈을 뜨자. 햇볕이 들지 않게 커튼을 쳐두고, 잠든 아이들을 쓰다듬은 뒤 **생수 한 병**을 챙겨 숙소를 나서자. 출근길 분주한 사람들을 여유로운 발걸음으로 거슬러 하이드파크에 도착한다. 좋아하는 **음악**을 선곡하고 **빠른** 걸음으로 걷다가 너른 길에서는 조깅을 한다. 잠시 벤치에 앉아 지나가는 사람들과 빌딩 숲을 구경한다. "내가 지금 호주에 있어!"라고 감탄이 쏟아져 나온다.

종일 걸어 피곤한 아이들을 재운 뒤 **발코니**로 나왔다. 50층에서 내려다본 시티는 아직도 잠들지 않았다. **노트북**을 열고 오늘 하루 찍은 사진들과 인상 깊었던 순간들을 편집한다. 아이들이 건강하고 무탈함에 감사하다. 갑자기 **맥주**가 당기면 냉장고에 모셔둔 VB를 한 캔 따고 블루투스 **스피커**로 노라 존스의 〈Come away with me〉를 들어야지.

스물셋의 엄마가 일했던 추억의 **고든카페**로 향하는 트레인 안에서 햇빛에 반짝이는 윤슬과 오페라하우스를 마음껏 감상하자. 햇살이 좋은 아침, **가벼운 옷차림**으로 하이드파크에 걸어 나와 **돗자리**를 깔고 낮잠을 자야겠다. **바디보드**를 두 팔에 끼고 버스에 탑승한 뒤, 버스가 지나다니는 곳곳을 구경하며 물놀이를 기대하는 것도 좋겠다. 마음에 맞는 친구가 생기면 스팸으로 만든 무수비 **도시락**, 물과 커피를 챙겨 아침 일찍 기차를 타고 블루마운틴을 가보자.

해질 무렵 아이들과 **미술도구**를 들고 천문대 언덕에 올라 붉은 물감으로 노을을 멋들어지게 그려내야지.

황홀하고 행복한 순간만 있지는 않을 거야. 아이들이 뙤약볕에서 긴 줄을 서다가 갑자기 **화장실이 가고 싶어** 쩔쩔맨다거나, 비행기 안에서 먹고 있던 **기내식을 엎질러** 나를 당혹스럽게 할지도 모른다. 전날 마신 술의 **숙취로** 소중한 하루를 망치는 참사가 생길지도 모른다. 비치에서 놀다 들른 화장실에 **지갑을 두고** 나오는 불상사가 생길지도 모른다. 생각만 해도 식은땀이 나고 가슴이 턱 막히는 예상 밖의 순간들. 여행에서, 아니 크게는 **외출**이라는 커다란 범주 내에서 일어날 수 있는 모든 **최악의 상황**에 대비하자.

몰입 시뮬레이션은 여행에서 소망하는 순간을 위한 준비를 미리 할 수 있게 도와준다. 예컨대, **발코니**의 로망을 이루기 위해 나는 고층의 숙소를 배정받게 해달라고 담당자에게 메일을 보냈다. 수채화를 그려야 하니 **미술도구**로 이케아 물감 세트와 스케치북을 챙겼다. 눈을 감고 나를 행복하게 만들 장면으로 몰입해보자. 최대한 구체적으로, 마치 내가 정말 그렇게 하고 있다는 듯이 상상하다가 굵은 글씨들을 차곡차곡 모아보자. **굵은 글씨**는 여행에서 소망하는 순간에 없어서는 안 될 중요한 구성요소이며 최악의 상황을 대비한 예방주사이다. 시뮬레이션을 건너뛰면 **사소한 것이 하루를 망친다.**

상상만으로 여행은 이미 시작된 것이나 다름없었다.

우리의 겨울이 호주의 여름을 만나면

20대의 마음으로

_ 순수한 열정만 갖고도 떠날 수 있었던 20대의 용기

"왜 가본 데를 또 가려고? 세상에 갈 곳이 얼마나 많은데!"

굳이 가본 호주를 또 가는 게 아깝지 않냐며 지금이라도 늦지 않았으니 다시 생각해보라는 남편.

고작 산책이 하고 싶어 수천만 원을 들여 호주에 가겠다고 말하면 남편은 코웃음을 칠 것이 뻔했다. '이젠 좀 다르게 살고 싶어서'라는 말은 더 오글거린다. 나의 이상과 그의 현실은 늘 씨름한다. 나는 나대로 계획이 있지만, 남편은 아이들의 영어 실력이 극적으로 향상되기를 바라고 있을지 모른다.

대학교 2학년 때, 다니던 교회에서 봉헌대장을 작성하는데 대학교수인 장로님께서 그런 내가 기특했는지 아르바이트 하나를 제안하셨다. 교수님이 주관하는 국제학회 진행보조를 하면 일당은 7만 원이고 이틀이면 14만 원을 벌 수 있다고 했다. 게다가 서울에 있는 고급 호

텔에서 숙식도 제공한다니 거절할 이유가 없었다. 교수님을 따라간 그곳에서 예상치 못한 계기로 내 인생이 전환점을 맞았다.

으리으리한 잠실 롯데호텔, 학회가 열리는 세미나실은 학회준비가 한창이었다. 교수님은 나를 젊은 여자에게 소개했다. 노련한 몸짓과 세련된 말투로 위엄 있는 교수님들을 휘어잡는 이 여성은 큰 규모의 학회나 국제회의 등을 위탁받아 진행하는 컨벤션 회사의 직원이었다. 이제 막 상경한 시골쥐처럼 첫눈에 이 세계에 매료되었고 마법처럼 그분과 금세 친해졌다.

"저도 이런 일 하고 싶어요. 너무 멋져 보여요!"

"하하, 너 정말 솔직하구나? 음…일단 영어를 잘해야지. 저 친구한 테 물어봐, 아마 너랑 동갑일걸?"

등록 데스크 옆에는 긴 생머리에 유난히 붉은 입술의, 아까 본 세련 된 영어 발음의 주인공이 앉아 있었다.

'예쁘다!'

연예인같이 예쁘다기보다는 사람을 끌어당기는 아우라가 느껴져 여자가 봐도 예쁜 아이였다. 우리는 나이와 학교를 묻고 답하며 가볍 게 이야기를 나눴다. 이름마저 예쁜 다정이는 다음 달 영국 브라이튼 어학연수를 앞두고 있고, 용돈 마련과 국제회의 경험을 쌓기 위해 아 르바이트를 하는 중이라 했다. 아르바이트 스케일이 남다르다고 생각하다 갑자기 멈칫했다.

'어학연수를 간다고?'

그녀를 만나기 전까지 어학연수는 내 삶과는 무관한 것이었으나 낯선 질투심과 함께 내 마음에 강렬하게 꽂혀버렸다.

'쟤랑 나는 동갑인데, 왜 우리는 시작이 다른 걸까?'

그날 밤 나는 화려하고 푹신한 호텔 침대에서 잠을 거의 이루지 못하고 결국 어학연수를 가겠다는 다짐을 하고야 말았다. 서울에 온 지 하루 만에 우주가 180도 달라진 것이다.

광주로 돌아온 나는 비교적 물가가 저렴하고 돈을 벌면서 어학이 가능한 워킹홀리데이의 나라, 호주에 가기로 마음을 먹었다. 학업을 병행하며 과외와 보습학원 교사 아르바이트로 초기 정착비용을 모았다. 서울에서 이어진 친분 덕에 국제회의나 학회 진행보조 아르바이트도 계속했다. 부족한 영어는 튜터링으로 보충했고 어학연수 준비에 많은 시간을 쏟았다.

출국 전날, 엄마와 한 침대에 누웠다. 엄마 눈에는 아직 어리기만 한 막내딸을 타국에 보낼 생각에 먹먹하셨는지 많이 우셨다. 항공권 취소비용은 엄마가 부담할 테니 안 가면 안 되냐고 애원하셨다.

"가야겠어 엄마, 제발. 가야 한다는 생각밖에 없어."

밤새 한숨도 못 잔 엄마를 외면하고 나는 냉정하게 호주로 떠났다.

인생에서 가장 뜨겁고 싱싱한 시절에 나는 시드니에 있었다. 내 인생을 반으로 접는다면 시드니 전과 시드니 후로 극명하게 나눌 수 있을 만큼 타국의 새로운 환경과 문화는 내 자아 형성과 삶의 방식에 지대한 영향을 미쳤다.

누구의 간섭과 보살핌도 없이 오로지 나만을 위한 10개월을 보내고, 졸업과 취업이 기다리는 한국의 현실로 되돌아왔다. 나는 두 번의 취업을 했고 결혼을 했고 두 아이를 낳았다. 17년의 세월 동안 시간이 온통 내 것이었던 스물셋의 시드니는 아득히 먼 곳에 묻혀버렸다. 지나고 보니 천국 같았던 호주. 그곳에서 보낸 나의 젊은 시간이 숨 막히게 그리웠다.

'그때 내가 한국에 돌아간다고 토익 준비할 시간에 여행도 다니고, 수영도 배우고, 더 부지런히 많은 경험을 했더라면, 지금의 나는 훨씬 더 근사한 삶을 살고 있지 않았을까?'

그리움과 아쉬움은 후회로 이어졌다. 그 시절을 촘촘히 떠올려보면 운동은커녕 헝그리잭스와 케밥에 꽂혀 살이 뒤룩뒤룩 10kg나 쪘고, 막바지에는 토익 공부를 했고, 한국에서 쓸 돈을 모으는 데 급급했다. 남들은 케언즈에서 번지점프도 하고, 울룰루, 세상의 중심에서 사랑을 외쳤다던데, 나는 어쩌자고 하다못해 아침 일찍 일어나 하이드파크에서 조깅 한 번을 못한 것인가!

나는 이 과오를 바로잡고 싶었다. 시간여행은 불가능하지만 한 살이라도 젊을 때 그때 살지 못했던 삶을 다시 살아볼 수 있다면, 걸리적거리는 손톱 각질을 떼어내는 일처럼 홀가분하지 않을까?

"여보, 나 이제는 좀 다른 삶을 살고 싶어졌어. 다른 일이라면 몰라도 호주에서 나, 매일 아침 산책하고 싶어. 내가 이런 걸 할 수 있는 사람이라는 것, 스스로에게 증명하고 싶어."

남편은 대체로 나를 신뢰했지만 나 혼자 아이 둘을 두 달이나 돌봐야 하는 게 마땅치 않았을 것이다. 예상치 못한 돌발 상황에 혼자 무너질까 봐, 퇴근 후 아무도 없는 집이 허전할까 봐 막막했을 것이다. 그래서 마음이 바뀌면 언제든 말하라고 나에게 여지를 남겼다.

드라마 〈갯마을 차차차〉에서 주인공 신민아가 깡촌인 공진에 이사 온 첫날, 희망적인 배경음악과 함께 해변에서 조깅하는 장면이 나온다. 그런 주인공의 모습이 유독 인상적으로 남았다. 이사 후 첫날 아침부터 조깅하는 주인공의 모습을 통해 감독이 드러내려고 했던 것은 무엇일까. 사는 곳이 달라져도 꾸준히 만든 좋은 습관을 유지하는, 자기 관리에 철저한 주인공의 성격을 보여주려는 의도가 아니었을까?

나도 드라마 주인공처럼 내 삶의 주인공이 되어 아름다운 호주에서 이른 아침에 파워워킹을 하면 좀 멋지지 않을까?

오랜만이야,
시드니

출국하는 날

_ 간절히 바라면 온 우주가 나를 도와줄 거야

공항에서 체크인을 마치고 출국게이트에서 남편의 모습이 멀어져
갔다. 민하는 많이 울어 눈이 빨갛게 부어 있었고, 나도 눈물이 났지

만 꾹 참았다. 나는 양손에 고사리 같은 아이들의 손을 꼭 쥐었다. 머리가 핑 돌았다. 내가 대체 무슨 짓을 한 거지?

홍콩을 경유해 시드니로 향하는 9시간의 비행에서 잠든 민하의 얼굴이 심상치 않았다. 이마에 손을 대보니 미열이 났다. 스튜어디스에게 들킬까 봐 가슴이 두근거리고 식은땀이 났다. 코로나로 의심돼 입국을 금지당할지도 모른다. 가방 속 해열진통제 한 알을 반으로 쪼개어 물과 함께 먹였다. 하늘 위에서 긴장감이 맴돌았다.

주사위는 던져졌다. 이제부터는 나 혼자다. 오랫동안 준비해왔는데 다리가 후들거리는 것은 왜인지. 나만 바라보고 있는 아이들에게 내 마음을 들키지 않으려고 부단히 애썼다.

다행히 민하의 이마가 식었다. 안도의 한숨을 내쉬고 고개를 돌려 남반구의 대지와 몽실몽실한 구름을 바라본다. 시드니 착륙까지 남은 시간은 30분. 아이 둘 엄마가 된 지금, 나는 혼자였던 과거로 여행을 하고 있다. 그곳에서 어떤 우주를 경험하게 될까. 예상치 못한 상황과 플랜 B로 어떤 에피소드가 만들어질까. 여행의 끝에서 나는 어떤 사람이 되어 있을까. 설레는 마음으로 비행기에서 내릴 준비를 마쳤다.
이제 무탈하고 안온했던 일상에서 벗어나 배거본딩을 시작한다.

『연금술사』 속 주인공처럼 부디 이 여정에서 아이들과 내가 눈부신 보물을 찾아내기를, 온 우주가 우리를 돕고 내가 아이들의 우주를 따뜻하게 데워줄 수 있기를 기도하며 눈을 감았다.

"쿵."

소리와 함께 비행기가 시드니에 닿았다. 그 순간 멈춰 있던 내 시계가 다시 돌아가기 시작했다.

"자아의 신화를 이루어내는 것이야말로

이 세상 모든 사람에게 부과된 유일한 의무지.

자네가 무언가를 간절히 원할 때 온 우주는

자네의 소망이 실현되도록 도와준다네."

『연금술사』 파울로 코엘료

첫날부터 이러면 곤란해

_ 식은땀 나는 에피소드로 시작한 호주

내일이면 나는 한국 나이로 마흔하나가 된다. 마흔에 호주 가기. 오로지 이 버킷리스트를 이루기 위해 아들은 방학식도 못 보고 비행기에 올랐다.

첫날을 정신없이 보낸 우리 셋은 공항 근처의 값싼 호텔에서 올해의 마지막 밤을 보냈다. 이비스버짓 에어포트 호텔의 좁은 방에는 싱글침대 두 개와 캐리어 두 개가 겨우 자리할 공간밖에 없었다. 연말 시티의 숙박비는 70만 원을 호가한다. 하룻밤 숙박비에 그렇게 큰돈을 쓸 수는 없어 고심 끝에 공항 근처의 저렴한 숙소를 예약했다. 호주에서 맞는 새해인데, 침대와 화장실이 전부인 초라한 숙소라니. 아이들에게 미안해졌다.

간단히 씻고 나온 아이들은 아빠와 영상통화 후 잠자리에 누웠다. 파티라도 해야 할 올해의 마지막 밤이지만 몸과 마음이 피곤해 내일을 기약하고 자기로 한 것이다.

"얘들아, 고생 많았지? 호주까지 엄마 따라오느라."

엄마가 더 고생했다고 말해주는 천사 같은 아이들은 수면본능에 충실해 금세 잠들었다. 집에서 공항까지, 공항에서 홍콩까지, 홍콩에서 시드니까지 장장 이틀의 여정을 소화해 여기까지 왔으니 피곤할 만도 하지. 건조한 정적이 흘렀고, 나도 눈을 감았다.

믿기 어렵지만 이것은 모두 2023년 1월 1일에 일어난 일

"뚜___! 뚜___! 뚜___!"
"Evacuation! Evacuation!"

뒤척이다 겨우 잠든 것 같은데, 얼마나 지났을까. 시끄러운 경고음에 눈을 떴다. 새벽 4시 30분, 설마 지금 이 호텔에 불이라도 난 건가. 심장이 무서운 속도로 뛰기 시작했다.

곤히 잠든 아이들을 남겨두고 방키를 챙겨 상황을 살피기 위해 서둘러 로비로 향했다. 엘리베이터를 같이 탄 외국인 여자는 아예 배낭을 챙겨 메고 나왔다. 로비 입구에 서 있는 검은 정장의 남자에게 무슨 일이냐고 다급히 물었다.

검은 정장은 별거 아니라는 표정으로 그냥 가라고 손짓했다. 정말

괜찮은 게 맞냐고 한 번 더 물으니 대수롭지 않게 가라고 했다. 가짜로 울린 알람이라고 하면서 한밤 중 소동에 사과 한마디 없었다. 나는 어찌할 바를 몰랐고 배낭 멘 여자는 호텔 밖으로 나가버렸다.

일단 방으로 되돌아온 나는 세상모르고 잠든 아이들이 괜히 짠해 머리를 쓰다듬고 차버린 이불을 덮어주었다.

'여기까지 따라와서는….'

다시 좁은 침대에 새우처럼 쭈그려 누웠다. 사이렌 소리는 또다시 들려오다가 이내 멈췄다.

'호주에 가면 죽어도 여한이 없을 것 같았는데, 호주에 오자마자 죽는 건 아니겠지.'

남편과 가족들이 너무 그리웠다. 무서워서 당장이라도 전화를 걸고 싶었지만 만약 내가 이 새벽에 울면서 전화를 건다면, 해줄 게 아무것도 없는 한국의 가족들은 공포와 함께 새해를 맞을 것이다. 두 손을 모으고 간절히 기도하다 잠들었다.

맥도널드에서 뜨끈하고 향긋한 햄치즈 토마토 토스트와 호주에서 마시는 첫 커피가 될 맥라테를 샀다. 무사히 지나간 새벽의 공포에 감사하며 아이들이 기다리는 호텔로 향했다.

호텔 엘리베이터 문이 열리고 방키를 꺼내려 주머니에 손을 넣은 순간, 주머니 속이 허전했다. 신용카드도 룸키도 손에 잡히지 않는다.

숨이 가빠지고 하늘이 노래졌다. 미간을 잔뜩 찌푸리며 다시 로비 밖으로 뛰쳐나갔다. 서둘러야 했다.

손에 든 맥라테가 여기저기 튀었다. 마음 같아선 던져버리고 싶은데 휴지통 하나 보이지 않았다. 이게 뭐라고, 이걸 먹겠다고 아침에 나와서는 카드를 잃어버리다니! 호주머니에서 미끄러져 나왔을 카드를 생각하니 스스로가 한심해 미칠 지경이었다.

'난 어쩜 이리도 허술할까!'

아침 9시부터 뜨거운 햇살에 머리카락이 데워져 땀이 났다. 맥도널드로 다시 들어간 나는 아까 앉았던 곳을 다급히 찾았다. 안경을 코위까지 내리고 신문을 보던 아저씨는 나의 말에 당황하며 벌떡 일어나 뒤를 살폈다.

"Excuse me, I lost my card here!"

잃어버렸다는 말. 끔찍이도 하기 싫었던 말을 호주에 온 첫날부터 하게 되다니!

다행히 아저씨가 앉았던 의자 등받이 사이에 끼어 있는 트레블월렛을 발견했다. 룸키는 못 찾았지만 여비가 충전된 체크카드를 되찾아 다행이다. 다시 호텔로 돌아가는 길, 절반은 쏟아진 맥라테와 커피로 젖은 토스트 봉투를 힘없이 쳐다보았다. 먹고 싶은 마음이 싹 달아났다. 오늘 아침 눈을 떴을 때만 해도 호주에서 맞는 특별한 새해를 혼자라도 기념하고 싶었다. 같이 나가자고 깨운 아이들은 더 자고 싶어했기 때문이다. 새벽의 대피소동이 일어난 지 몇 시간이나 지났다고 또 이런 소동을 피웠는지. 지금부터 행복하자, 제발.

"엄마! 2층으로 올라가볼래!"

서큘러키역에서 2층 지하철을 난생처음 타고 행복해하는 민하의 얼굴을 보니 덩달아 기분이 좋아졌다. 17년 만에 탄 지하철은 더 깔끔하고 세련돼졌다. 문이 닫히고 지하철이 서서히 출발했다. 2층 창가에 앉아 창밖을 내다보던 딸이 손가락으로 밖을 가리키며 나에게 천진난만하게 물었다.

"엄마! 왜 엄마 가방이 저기 있어?"

어리둥절한 눈으로 창문 밖 플랫폼을 바라보았다. 아까 앉았던 자리에 내 레몬색 바쿠백이 덩그러니 놓여 있었다. 지하철은 빠른 속도로 내 가방으로부터 멀어져갔다.

"세상에! 저건 내 가방이잖아!"

내 얼굴은 금세 사색이 됐다.

다행히 공항 픽업과 숙소 체크인에 동행해준 고마운 제임스&줄리 부부의 빠른 대처 덕분에 여권과 지갑이 든 가방을 되찾았다. 줄리가 열차 내 인터폰으로 상황을 설명하니 역무원이 누가 가져가기 전에 챙겨준 것이다. 정거장마다 플랫폼 앞에 서서 안전을 지키는 호주의 역무원들이 새삼 고마웠다. 감사 인사를 여러 번 하고 다시 지하철에 탑승했다. 기진맥진한 심장을 쓸어내리는 내게 민하가 물었다.

"엄마, 내가 가방 알아봐줘서 고맙지?"

"응, 너 아니었으면 오늘이 최악의 하루가 됐을 거야."

민하는 내 팔을 잡아끌며 나에게 지하철 좌석이 꼭 고흐의 〈별이 빛나는 밤에〉 그림 같다고 가리켰다.

"세상에나, 엄마가 정말 좋아하는 그림인데, 그건 그렇고, 오늘 엄마는 대체 심장을 몇 번이나 넣었다 뺐다 한 거니?"

놀이공원은 싫지만 시드니는 좋다

_ 너희들만 즐겁다면 그걸로 됐다

새벽에 눈을 떴다. 태양이 남반구의 어둠을 밀어내고 있었다. 시계

를 보니 5시가 조금 안 되었다. 더 자지 않고 일어나 고요한 숙소를 찬

찬히 둘러봤다. 도심 속 호텔 같은 숙소에서 한 달이나 지낸다고 생각하니 어린아이처럼 기뻤다. 발코니에 앉아 시간 가는 줄 모르고 일출을 감상했다.

어제 장 본 과일과 시리얼로 발코니에서 먹을 아침 식사를 준비했다. 영화 〈카모메 식당〉 주인공이라도 된 듯 작은 행동 하나하나에 정성을 들였다. 향기마저 달콤한 허니망고는 껍질을 벗겨 한입 크기로 잘랐다. 딸기는 작은 데다가 단단하고 신맛만 강했다. 작고 귀여운 블루베리도 달았다. 마일로 초코 시리얼과 오렌지 주스, 진하고 부드러운 우유도 꺼냈다.

"얘들아 아침 먹자!"

아이들을 부르는 내 목소리가 이렇게 낭랑하고 우아했던 적이 또 있을까. 맛있게 자고 일어난 남매는 침대에서 비비적대며 장난치고 있었다. 벌써 이 숙소에 적응한 모양이었다.

"얘들아! 오늘 우리, 루나파크에 갈 거야!"

"거기가 어딘데?"

"응! 너희가 좋아하는 놀이공원!"

"와~~ 신난다. 엄마 거기 롤러코스터도 있어요?"

내 숙소 근처 타운홀역에서는 트램(지상철)이나 지하철을 타면 10

분 만에 오페라하우스와 하버브리지가 보이는 서큘러키에 갈 수 있다. 서큘러키에서 페리를 타고 한 정거장만 가면 되는 밀슨스포인트에 루나파크가 있다. 도착시간과 타야 할 플랫폼까지 모든 교통정보는 친절한 Google Maps 앱이 알려줬다.

우리의 겨울이 호주의 여름을 만나면

루나파크는 사실 하루를 통째로 보낼 만한 규모는 아니다. 에버랜드와는 비교도 안 되게 놀이기구의 수도 적고 면적도 작다. 다만 오페라하우스와 하버브리지가 보이는 입지, 짙은 눈썹에 입을 쫘악 벌린 우스꽝스러운 입구 모양, 아이들의 취향을 적당히 반영한 놀이기구 덕분에 방문객들의 만족도가 높았다. 게다가 오늘은 스쿨홀리데이 기간임에도 불구하고 생각보다 이용객이 많지 않았다.

나는 기억이 허락하는 시절부터 놀이공원을 좋아하지 않았다. 대체 인간은 왜 일부러 위험한 순간을 느끼려고 아까운 돈을 쓰는 것인지 이해할 수 없었다. 한국에서도 놀이공원에 가면 나는 졸졸 따라다니기만 하고 모든 놀이기구는 남편의 몫이었다. 그런 내가 오직 아이들이 호주에 잘 적응하기를 바라는 마음으로 큰 용기를 내 루나파크를 예약한 것이다. 낯선 나라에 빨리 적응하는 데 놀이공원만큼 좋을 게 또 있을까 싶어서였다.

열두 살 은준이는 키가 150cm가 넘어 혼자 아찔한 놀이기구도 탈수 있다. 그러나 여덟 살인 민하는 키가 130cm가 안 돼, 키 제한에 애매하게 걸려 나를 옭아맸다. 예를 들면 어떤 놀이기구는 민하가 탈수 있지만 성인인 보호자가 함께 탑승해야 한다는 조건이 있었다. 어쩔수 없이 보호자로서 함께 탄 놀이기구를 견디느라 멀미가 났다. 심지어 녀석들은 관람차도 두 번이나 타자고 했다. 관람차라고 쉬운 것은 아니었다.

느린 속도로 올라가는 관람차 안에서 하버브리지와 오페라하우스, 시티의 절경을 구경했다. 천천히 올라가던 관람차가 꼭대기에서 멈췄다. 갑자기 내가 허공에 떠 있다는 사실을 인지하고는 오금이 저리기 시작했다. 두려움에 벌벌 떠는 나를 보며 아이들이 배꼽을 잡고 깔깔댔다.

민하가 솜사탕 가게 앞에서 자연스럽게 줄을 섰다. 돈 낼 사람은 어이가 없었지만 손에 쥔 솜사탕에 세상을 다 가진 표정을 보니 지갑은 마법처럼 열렸다.

거기서 끝나지 않았다. 은준이는 축지법을 써서 젤라또 가게 앞에 줄을 섰다. 한 스쿱에 $5.5, 두 스쿱에 $7.5, 세 스쿱에 $9이다. 이런 식이면 세 스쿱을 사 먹어야 이득이다. 사주냐 마느냐가 아니라 몇 스쿱을 사는 게 이득인지 셈하는 나를 보며 아무래도 간식비 지출 기준을 마련해야겠다고 다짐했다. 시드니의 비싼 물가에도 불구하고 루나파크의 젤라또는 한 스쿱이 성인 남자의 주먹만했다. 쫀득하고 새콤한 맛은 이후 호주 어디에서도 만날 수 없는 맛과 가격으로 기억됐다. 루나파크에 간다면 반드시 젤라또를 사 드시길!

키 제한으로 롤러코스터를 못 타 속상한 민하를 위해 다 같이 회전목

마에 탑승했다. 동생이 안 볼 때 한없이 지루한 표정을 짓다가 동생과 눈이 마주치면 너무 즐겁다는 표정을 지어주는 스윗한 은준이가 든든하고 고마웠다. 몸을 길쭉하게 늘려주는 요술 거울 앞에서, 우스꽝스러운 코스튬을 입은 피에로 옆에서 사진을 찍으며 아이들은 깔깔 웃었다.

하루를 몽땅 보내고 6시가 넘어 시티로 되돌아온 우리는 저녁거리를 사러 마트에 들렀다.

"얘들아! 호주 하면 스테이크지!"

Scotch Filet(안심) 가격표를 보고 내 입가에 환한 아줌마 미소가 번졌다. 한국에서 거의 100g 가격에 400g을 살 수 있다니! 장바구니에 고기를 넉넉히 담고 가니시로 구울 아스파라거스와 양송이도 담았다.

울월스의 자율계산대에서 다회용 백을 집어 50센트에 구매하고 계산대 왼쪽 고리에 끼웠다. 오른쪽 저울에 장바구니를 올리고 물건들을 하나씩 스캔해 왼쪽 다회용 백에 담았다. 자율계산대의 저울은 굉장히 예민해서 스캔한 물건의 무게가 다회용 백의 무게와 일치하지 않으면 예외 없이 비상경고등이 켜졌다. 아이들은 이런 시스템을 모르고 스캔을 마친 과자나 음료를 백에 담기도 전에 빼가기 일쑤였는데 번번이 비상등이 켜져서 애를 먹었다. 직원이 돌아다니며 대수롭지 않다는 듯 계산을 도왔지만 사람이 많을 때에는 한참을 기다려야 했다.

우리의 겨울이 호주의 여름을 만나면

배고픈 우리는 숙소에 돌아오자마자 환풍기를 틀고 스테이크를 구웠다. 호주의 스프링클러가 연기에 예민하다는 경고는 수도 없이 들었기 때문이다. 어떤 사람은 계란프라이만 했을 뿐인데 스프링클러가 울려 소방차가 출동했고 벌금을 $1,000나 냈다고 한다. 센 불에 바짝 구운 스테이크는 뚜껑을 덮고 2분간 레스팅을 마쳤다. 아이들 앞으로 서빙된 첫 스테이크는 비주얼도 맛도 훌륭했다.

"엄마, 엄청 부드럽고 맛있는데요? 더 없어요?"
"더 있어, 앞으로 소고기 많이 구워줄게! 언제든 말만 해!"

호주에 온 지 3일 차, 놀이공원 참 안 좋아하는 나인데, 아이들이 행복해하는 모습만으로 뿌듯한 하루를 보냈다. 오늘 아이들에게 뭔가를 다했냐는 질문은 할 필요가 없었다. 대신 놀이공원에서 틈틈이 "재밌니?", "좋았니?"라고 물었고 저녁을 먹으며 오늘 어디가 제일 좋았는지를 물었다. 은준이는 롤러코스터가, 민하는 관람차에서 엄마를 놀렸던 게 가장 재밌었다고 했다. 놀이공원에 하루를 다 써도 충분했던 넉넉한 오늘을 마무리하며, 앞으로 아이들과 나누게 될 소중한 시간이 더욱 기대가 됐다.

아직은 혼자가 낯선 엄마

_ 혼자만의 시간을 확보하기 위한 필사적인 노력

오늘은 호주에 와서 스쿨홀리데이 캠프에 아이들을 처음 보내는 날이다. 아침 9시, 올림픽파크 아쿠아틱 센터 입구에 도착해 한참을 서성였다. 게이트가 여러 개 있는데, 어디로 들어가야 하는 걸까? 낯선 이곳이 아직은 서툴다. 카운터 직원에게 캠프 장소를 묻고 지하 1층 세미나실로 향했다. 커다란 수영장과 워터파크급 놀이기구가 보였다. 처음이라 살짝 겁을 먹은 아이들에게 나의 주특기, 만트라*를 외쳤다.

"너희는 진짜 운이 좋다! 종일 저기서 논다니 신나겠어!"

(*만트라: 힌두교에서 말하는 신비한 힘이 담긴 말, 무의식 중에 습관적으로 반복하면 강력한 파동이 생겨 초능력을 갖게 된다.)

내 말에 아이들의 눈빛이 빛났다. 예감이 좋다.

세미나실 문을 열고 들어가 스태프에게 인사를 하고 신청자 명단에서 아이들의 이름을 찾아 서명했다. 5시에 아이들을 데리러 올 때 서명하는 칸이 옆에 하나 더 있었다. 스태프에게는 딸이 영어를 거의 못하니 잘 부탁드린다고 당부했다. 그는 "No problem!"이라고 말하며 영어를 못해도 재밌는 활동이 많다고 나를 안심시켰다.

자리에 앉아 도시락을 먹는 아이, 공을 가지고 뛰노는 아이가 보였다. 스태프가 지금은 Morning Tea Time이니 간식을 먹어도 되고 편하게 쉬라고 했다. ㄷ자 모양의 책상 맨 끝에 나란히 자리를 잡고 준비해 온 간식과 음료를 가방에서 꺼냈다.

'아… 뻘쭘하다.'

눈알을 사방으로 굴리며 생각했다. 낯선 이곳엔 한국인도 없거니와 꾸어다 놓은 보릿자루처럼 서 있는 우리에게 친절하게 다가오는 이도 없었다. 아이를 맡기고 서둘러 나가는 다른 보호자를 보며 나도 자리를 뜨기 위해 아이들에게 말했다.

"무슨 일 있으면 선생님께 말씀드려. 선생님이 엄마 전화번호를 아시니까 전화해줄 거야. 엄마는 근처에서 하루 종일 기다릴게. 걱정 말고 즐거운 시간 보내. 알았지?"

나는 대부분 아이들이 잘 해낼 것이라는 전제하에 모든 일을 계획한다. 그 전제가 없으면 계획들은 소심해진다. 아이들은 내 계획에 맞게 대부분 잘 따라와줬다. 지금 내가 할 수 있는 유일한 일은 아이들을 믿는 것뿐이다. 오늘이 성공한다면 나는 혼자만의 시간을 안전하게 확보할 수 있다.

　수영장을 나와 바로 보이는 벤치에 앉았다. 캠프에 있는 아이들에게 만약 무슨 일이 생긴다면 나에게 연락이 올 것이다. 그 만약의 상황이 일어날 경우의 수를 떠올려보았다.

　1. 민하가 울면서 엄마를 찾는다. 오빠와 선생님이 달래도 소용이 없어 나에게 아이를 데리고 가라고 연락이 온다.

2. 놀다가 다쳤다. 긴급 상황이다.

3. 인종차별로 무시당한 아이들이 상심해 캠프를 포기한다.

2번 빼고는 확률이 지극히 낮아 보이지만 안전을 중요하게 생각하는 호주에서 2번도 일어날 확률은 매우 드물다.

'여기서 1분만 걸으면 되겠지.'

만에 하나 연락이 오면 지금 내가 앉아 있는 벤치에서 1분이면 아이들이 있는 곳에 걸어서 갈 수 있다. 한참을 멍하니 앉아 있었다. 10분쯤 지나 울리지 않는 휴대폰을 손에 쥐고 일어나 걸었다. 집채만 한 나무의 짙고 옅은 이파리들이 바람에 흔들리며 '쏴아 쏴아' 소리를 냈다. 올림픽파크역과 그 옆으로 경기장이 보였다. 해는 점점 뜨거워졌다. 인적이 드문 나무 그늘 아래 벤치가 보였다.

'여기서 10분만 걸으면 되겠지.'

만에 하나 연락이 오면 지금 내가 앉아 있는 벤치에서 10분이면 아이들이 있는 곳에 걸어서 갈 수 있다. 신고 있던 조리를 벗어 가부좌를 틀고 앉았다. 청명한 바람을 피부로 느끼며 하늘을 쳐다보았다. 일단 여기서 30분만 기다려보기로 했다.

다리가 저려 벤치에 누웠다. 한국이라면 상상도 못할 일이다. 한국에선 길거리 벤치에 눕는다면 노숙자나 취객으로 보일지 모른다. 살

랑대는 나뭇가지와 이파리 사이로 파랗고 깊은 하늘이 쏟아졌다. 기분이 좋아졌다. 너무 좋아서 큰소리로 웃다가 잠깐 몸을 세워 주위에 사람이 있는지 살피고 다시 누웠다. 이번엔 울었다. 사람이 너무 좋으면 웃기도 하고 울기도 하는구나. 널찍하고 시원한 그늘에 누워있는데 주위에 아무도 없고, 여기는 호주라니. 이번에는 다시 웃음이 쿡쿡 나왔다. 이쯤 되니 나는 미친 사람 같았다.

'내가 지금 호주에 있는데 제정신일 리가 있나.'

시간이 흐를수록 아이들 걱정이 줄어들었다.

"잘 지낼 거다, 내 새끼들. 내가 그렇게 키웠어!"

이렇게 중얼거리며 벤치에 누운 채로 깜빡 잠이 들었다.

시간이 얼마나 지났을까. 허기가 느껴져 구글맵을 켜서 보물찾기를 시작했다. 걸어서 4분 거리에 별점 4점 이상의 카페를 찾았다. 구글 평점 4.0점 이상이면 평균은 한다는 의미이다. 메뉴를 고민할 것도 없이 호주를 떠올리며 늘 그리워했던 플랫화이트와 버터 바른 바나나브레드를 주문했다.

'여기서 15분만 걸으면 되겠지.'

만에 하나 연락이 오면 지금 내가 앉아 있는 카페에서 15분이면 아이들이 있는 곳에 걸어서 갈 수 있다. 테라스에 자리를 잡고 아이패드를 꺼내 일기를 썼다. 여행 중에 마음껏 읽고 쓰라고 남편에게 깜짝 선물로 받은 아이패드를 보니 그립고 고마운 마음에 안부 메시지를 보냈다. 아이들은 잘 할 테니 걱정 말고 좋은 시간 보내라고 답장이 왔다. 마음이 점점 편안해졌다.

'지금까지도 연락이 없는 건 잘 놀고 있다는 뜻이겠지?'

근처에 대형 케미스트리가 보였다. 마침 밤에 콧물이 나는 아이들을 위한 상비약이 필요했다. 머물 날이 많이 남았으니 무리하지 말자고 마음먹었지만 결국 그곳을 나올 때 내 손의 봉투 안에는 아이들의 감기약과 영양제, 향이 좋은 어메니티, 나와 아이들을 위한 종합비타민까지 한가득 담겨 있었다. 나는 이 여행에서 나뿐만 아니라 아이들을 책임져야 하니 절대로 아프면 안 된다고 생각하며 나를 위한 영양제도 구입했다.

올림픽파크역 주위를 어슬렁거리며 걷다보니 바이센테니얼파크까지 걸어왔다. 더위도 잊은 채 수채화를 찢고 나온 풍경을 감상했다. 후에 내가 이 도로를 혼자 걸었다고 호주의 지인에게 말했더니 이런 답이 돌아왔다.

"역시 K줌마야. 도로에 사람이 한 명도 없는데 무섭지도 않았어? 너 진짜 용감하다!"

위험할 수도 있는 길이었구나. 하긴 옛날엔 빽치기*도 유행이었지. 걷다보니 풍광을 감상하느라 무서운 줄도 몰랐던 것이다.

(*빽치기: 한때 호주에는 인적이 드문 거리에서 행인의 뒷통수를 치고 기절 또는 사망시키던 범죄가 유행했다.)

'이제부턴 전화가 오면 택시를 타면 된다.'

아이들과 헤어진 장소에서 멀어질수록 본능에 가깝게 아이들이 있는 곳에 가는 시간과 방법을 셈했다. 이젠 연락이 와도 택시를 타면 될 것이다.

결국 5시가 되도록 휴대폰은 울리지 않았고 아웃렛에서 잔뜩 쇼핑을 마친 나는 무거운 짐 때문에 택시를 타고 아이들을 데리러 가야 했다. 쇼핑한 것들을 담기 위해 쇼핑한 나이키 백팩은, 두 달간 나의 든든한 짐꾼이 돼주었다.

아이들과 헤어진 지 8시간이 흘렀다. 처음 아이들을 바래다준 세미나실 앞에 도착해 닫혀 있는 문을 조심스럽게 열었다.

역시, 역시나였다. 밝은 표정으로 나를 반기며 오늘 너무 재밌었고 더 놀다 가면 안 되냐는 아이들을 마주했을 때 안도의 한숨이 터져 나왔다. 졸였던 마음이 눈 녹듯 녹아내렸다.

"다음에 이 캠프 또 오고 싶니?"

내 질문에 "당연하지!"라고 답하는 아이들의 머리와 볼을 부드럽게 쓰다듬었다.

사무실에 들러 가능한 날짜를 확인한 뒤 예약과 결제를 마쳤다. 첫 캠프 성공기념으로 짬뽕과 탕수육을 먹으며, 어색한 줌바춤을 억지로 췄던 일과 친하게 놀았던 친구, 재밌는 시간을 보냈던 수영장의 이모 저모를 재잘재잘 꺼내놓았다.

'참 잘 컸다 내 새끼들.'

고마워! 이제 엄마도 안심하고 호주를 즐길 수 있겠어!

드디어 내 시간이 생겼다

_ 시드니가 나를 환영하는 방식

아이들과 숙소 앞에서 DiDi(택시)를 기다리는데 갑자기 뒤에서 뭔가가 내 머리를 후려쳤다. 고개를 돌리려 했으나 무거운 것이 한 번 더 나를 들이밀어 머리를 세게 얻어맞았다. 너무 아팠다. 옆에서 보고 있던 중국인이 나를 구해줬다. 정신을 가다듬고 뒤를 돌아보니 커다란 새장 같은 짐 운반용 캐리어가 보였다. 로비 앞에서부터 굴러 내려와 나와 부딪힌 것이다. 나를 구한 중국인은 나에게 정말 괜찮냐고 여러 번 물었고, 나도 감사하다고 여러 번 말했다. 한국 같았으면 당장 직원을 불러서 캐리어 때문에 내가 죽을 뻔했으니 병원에 가야겠다며 크게 화냈을지 모르지만, 지금은 일단 아이들 캠프에 늦지 않게 서두르는 게 급선무였다.

택시 안에서 불현듯 17년 전 시드니에 처음 왔을 때 일어난 비슷한 일이 떠올랐다. 한국의 부모님께 공중전화로 전화를 걸고 있었는데 큰 트럭이 공중전화 부스를 들이받았다. 충격은 컸지만 다행히 다친 데는 없었다. 행인들이 다가와 나를 안타까운 시선으로 바라봤던 기억이 났다.

어째서 호주는 매번 나를 이런 방식으로 환영하는 걸까?

오늘은 수영에 이어 두 번째 캠프인 시드니대학 스포츠 캠프에 간다. 어제의 올림픽파크 캠프 성공은 축하할 일이지만 아직 하나의 관문이 더 남았다. 카타르 월드컵 여파로 축구에 관심이 높아진 은준이는 축구 캠프를 신청하고 축구화도 챙겨왔다. 태권도를 사랑하는 민하는 피구와 같은 신체활동 위주의 멀티스포츠 캠프를 등록했다. 어제와 달리 오빠와 떨어져 혼자 캠프에 참여할 생각을 하니 민하가 울상이다. 나도 아들보다는 딸이 더 걱정이 됐다.

버스를 타고 도착한 시드니대학의 축구장은 넓고 근사했다.
"세상에! 아들, 오늘 이런 곳에서 축구한다니 믿겨지니?"
건장하고 잘생긴 축구 코치님들께 아들을 소개하고 잘 부탁드린다고 했다. 아들도 본격적으로 축구를 배울 생각에 설레었는지 넓은 축구장을 향해 뒤도 안 돌아보고 뛰어갔다. 민하는 그런 오빠가 야속하기만 했다.

축구장을 지나쳐 민하의 캠프 장소로 향했다. 아름다운 시드니대학 캠퍼스를 뚜벅뚜벅 걸으며 경치를 감상했다. 저 멀리 친구들과 어울려 신나게 공차기를 하는 은준이도 보였다.

멀티스포츠 캠프는 시드니대학 축구장에서 도보로 약 15분 떨어진 아쿠아틱 센터 옆 실내체육관에서 진행된다. 입구에서 파란 옷을 입은 스태프들이 우리를 친절히 반겨주었다. 보호자 서명을 하면서 정중히 부탁드렸다.

"우리 딸이 영어가 서투르고 부끄럼을 타니 각별한 지도를 부탁할게요. 혹시 무슨 일이 있거든 이 번호로 연락주세요."

이 말을 들은 스태프는 환하게 웃으며 손사래를 쳤다.

"걱정 말아요, 오늘 한국인 여자아이가 네 명이나 돼요. 이 친구들은 영어를 제법 잘하던데, 도움을 청해볼게요."

"네? 정말요?"

그 순간 나에게 구원의 빛이 비쳤다. 6시간 동안 소통이 안 되면 얼마나 답답할까 걱정했던 마음이 순식간에 녹아내렸다.

"괜찮아, 오늘 한국 친구들이 좀 있대."

민하의 어깨를 다독이고는 선생님의 인솔하에 체육관 안으로 들여보냈다. 로비의 투명한 창을 통해 체육관 내부가 훤히 들여다보였다. 역시나 한국 여자아이들이 보였다.

그중 눈이 마주친 여자아이를 손짓으로 불러 창 너머로 휴대폰 메모장에 쓴 글씨를 보여줬다.

'흰 티셔츠를 입은 아이는 이름이 민하인데, 같이 어울려 놀아줄 수

있을까?'

고맙게도 그 아이는 알겠다는 듯 고개를 끄덕한 뒤 민하에게 다가
가 말을 걸었다. 들리지는 않았지만 이름과 나이를 묻고 대답하는 듯
했다. 다른 아이들에게도 민하를 소개했다. 말이 통하니 표정이 편안
해진 딸을 보며 안심이 됐다. 민하와 눈이 마주쳐 엄마는 이제 가도
될까? 하는 제스처를 취했다. 민하는 고개를 끄덕였다. 자기가 한 말
에 대체로 책임을 지는 딸을 믿고 잠시 지켜보다가 천천히 체육관을
빠져나왔다.

차례로 아이들을 떨구고 나니 나를 위한 6시간이 생겼다. 이 시간을
확보하기 위해 한국에서 열심히 스포츠 캠프를 알아보고, 이른 아침
식은 커피를 마시며 도시락을 쌌다. 혼자만의 시간을 보낼 생각에 내
얼굴에 미소가 방긋 떠올랐다.

이제 온전히 나와 마주하는 시간으로 들어가볼까!

면세점 쿠폰이 이어준 인연

_ 새로운 인연이 찾아오는 특별한 방식

호주 맛집 허리케인 그릴에서 스테이크를 맛있게 씹던 나의 귀여운 꼬꼬마가 가방에서 꼬깃꼬깃 접힌 종이를 꺼낸다.

"엄마 내가 뭐 가져왔나 봐봐!"

아이의 글씨로 휴대폰 번호가 써 있는 면세점 쿠폰이었다. 스포츠 캠프에서 새로 사귄 친구에게 연락처를 받아 온 모양이다. 다급히 메모지를 찾다가 면세점 쿠폰에 메모했을 아이의 마음이 귀엽다.

"엄마! 이 번호로 연락해서 우리 수영장에 초대하자!"

민하는 한국에서도 종종 친구 엄마의 연락처를 받아오곤 했다. 호주에서도 또 이런 일이 생기다니! 일단 밥을 먹고 생각해보자고 대답을 미뤘다. 그런데 밥을 먹다가 물어보고, 트램 안에서 불쑥 물어보고 씻기 전에도 물어보는 것이다.

"엄마, 연락해봤어?"

처음부터 안 된다고 할 걸 그랬나 싶다가도 시간이 갈수록 연락해보고 싶은 마음이 커졌다. 낯선 호주에서 처음 사귄 친구인데 혹시 인연이 닿아 잘 지내볼 수도 있는 것 아닐까?

면세점 쿠폰에 적힌 연락처를 저장 후 메시지를 보내봤다. 이윽고 답장이 왔고 안 그래도 아이가 이야기를 많이 했다며 토요일에 수영장에 함께 가지 않겠느냐고 제안을 하셨다. 고민할 새도 없이 '좋아요!'라고 답했다. 호주에서 메시지만 주고받은 낯선 한국인을 만나는 일. 새로운 인연의 시작일까. 어쩐지 가슴이 두근거렸다.

잔뜩 흐린 토요일, 우리는 Ryde에 있는 수영장에 가기 위해 버스에 올라탔다. 차창 밖으로 비가 내렸다. 호주 사람들은 우산을 잘 쓰지 않는다. 산성비가 아니니 맞아도 그만인 모양이다. 우리도 점점 우산보다 모자를 선호하게 됐다. 거추장스러운 우산이 사라지니 손도 하늘도 홀가분해졌다.

    수영장 만남을 핑계로 시티에서 제법 멀리 떨어진 낯선 동네에 오니 제대로 여행하는 기분이 들었다. 수영장 입구에서 J*의 부모님과 자매들이 걸어오는 게 보였다. (편의상 'J'라고 부르기로 한다.) 어색하게 첫인사를 나누고 다 함께 수영장 입구로 들어갔다. 아이가 많을수록 할인이 많이 된다며 우리 아이들의 입장료까지 내주셨다.

    J네 자매들은 이 수영장이 익숙하다는 듯 알아서 척척 수영복을 갈아입고 나왔다. 그 옆에서 나도 민하의 탈의를 거들었다. 은준이는 J의 아버님을 따라 탈의실에서 수영복을 갈아입고 간단한 수영 테스트를 받은 뒤, 깊은 물에 들어갈 수 있는 팔찌를 받아 왔다. 호주의 수영장은 안전을 위해 깊은 물에는 팔찌를 찬 사람만 들어갈 수 있다고 하셨다.

    워터파크급 실내수영장 규모에 눈이 휘둥그레진 나를 보고 J의 아버님은 시티에도 이런 수영장이 있을 테니 찾아보라고 하셨다. 말에서 느껴지는 호주에 대한 연륜이 남달랐다.

    '호주를 잘 아시는구나.'

    아이들이 수영장에서 신나게 물놀이를 하는 동안 매점 테이블에 앉아 오랜만에 어른의 대화를 나눴다. 결혼 전 시드니에서 15년 넘게 사

셨던 J의 아버님은 아이들과 가볼 만한 숨은 비치들, 해보면 좋은 경험들, 방문하면 좋은 서점 등 꿀팁 보따리를 내 앞에 잔뜩 풀어내셨다. 아이 넷을 데리고 시드니에 오기까지의 우여곡절부터 육아, 교육에 이르기까지 공통된 주제로 쉼 없이 대화를 이어가다 보니 어느새 내 마음속에서 J의 부모님을 존경하는 마음이 싹트고 있었다.

아이들은 배고플 때 빼곤 나를 찾는 일이 없었다. '이제 그만 놀고 가자'고 할 때까지도 '조금만 더' 하면서 시간을 미루던 아이들은 결국 수영장에 똥이 떠다니는 어처구니없는 사건 때문에 물에서 도망치듯 나왔다. 좀 더럽지만 아이들에게는 즐거운 추억이 하나 더해진 셈이다.

가능하다면 호주에 머무는 동안 J네 가족과 자주 만나 즐거운 에너지를 받고 싶어 솔직하게 말씀드렸다.

"호주 선배님, 어디라도 따라갈 테니 언제든지 불러주세요!"

집으로 가는 버스에서 내 어깨에 기대어 잠든 꼬꼬마를 쓰다듬고 면세점 쿠폰에 삐뚤게 적힌 글씨를 떠올렸다. 적응만 잘해줘도 감사한 스포츠 캠프에서 친구까지 사귀고, 수영장에도 초대받아 즐거운 하루를 보낸 건 민하 덕분이다. 육아휴직이라는 카드를 써서 호주에 올 수 있었던 것도 민하 덕분이 아닌가. 내게 선물을 잔뜩 주려고 태어난 민하의 귀에 대고 고맙다고 속삭였다.

숙소에 돌아오니 단정하게 정돈된 침구와 부엌을 보고 기분이 더 좋아졌다. 메리톤은 장기투숙자를 위해 주 1회 룸클리닝을 해주는데, 오늘이 체크인한 지 1주일째 되는 기념적인 날이다. 저녁을 해결하고 시원한 맥주와 함께 발코니에 앉았다. 9시가 되니 탕탕거리는 소리와 함께 달링하버 불꽃놀이가 시작됐다. 숙소에서 처음으로 보는 달링하버 불꽃놀이에 가슴이 벅찼다.

어제부터 나를 괴롭히던 감기는 씻은 듯이 나아 있었다.

스물셋의 나를 만나러

_ 여기에 다시 온 건 잘한 일일까?

호주에 다시 가게 되면 반드시 하고 싶었던 일 중 하나는 고든 (Gordon)에 가는 일이다. 시드니의 추억 대부분이 고든에 있다. 거리와 비용을 셈할 연륜이 없었고 일을 시켜만 준다면 감사했을 시급 $8의 시절, 시티에서 50분 거리의 Gordon Cafe에서 아르바이트를 했다. 카페에서 보낸 시간들은 잊을 수 없는 소중한 추억이 되어 세월이 많이 흐른 지금도 그리움에 눈시울이 붉어지게 한다.

이런저런 추억을 떠올리다 10개가 넘는 역을 지나쳐 드디어 고든역에 도착했다. 플랫폼에 발을 내딛자 17년 전 과거가 고스란히 되살아났다. 역에서 카페로 향하던 이 길을 의미 있게, 천천히 걸어보았다. 타임머신을 타고 과거로 돌아간 기분이었다. 카페가 있던 자리도 가늠해봤다. 여전히 그 자리에 카페가 있는지 궁금해 구글맵으로 확대해서 보곤 했던 곳. 눈으로 직접 확인하니 가슴이 먹먹했다. 예상은 했지만 카페도, 사장님 부부도 보이지 않았다. 카페가 없어진 자리를 아쉬운 마음으로 한참동안 바라보다가 발걸음을 옮겼다.

장을 보러 가던 동선을 어슬렁거렸다. 점심 때면 Westpac은행 직원들이 동료들과 수다를 떨며 걸어 나오는 모습도 되살아났다.

일이 끝나면 가끔 들르곤 했던 도서관에 와봤다. 흐린 기억 속 구식 도서관과는 달리 몇 번의 리뉴얼을 거쳤는지 세련된 모습이었다. 시드니의 도서관은 하나같이 좋다. 책을 사랑하는 사람이라면 도서관 투어만 해도 좋을 것이다.

내부를 찬찬히 둘러보니 고든에는 이제 한국인이 많이 사는 모양이다. 한국인을 대상으로 진행하는 소규모 강좌 홍보 포스터나 한국어 도서가 한 섹션을 차지하고 있는 것을 보면 말이다. 아니나 다를까, 책상에 앉아 공부하는 사람들 중 한국인들이 꽤 보였다. 스쿨홀리데이 기간이라 엄마와 함께 한국의 수학 문제집을 푸는 어린이도 있었다.

Korean 섹션에서 손이 가는 책 한 권을 꺼내 들었다.
『꽃이 없어서 이것으로 대신합니다』, 유선경

책의 감촉과 구성이 깔끔해 마음에 들었다. 표지를 펼치니 로맨틱한 대출카드가 보였다. 천천히 책장을 넘기니 모든 문장이 전부 나에게 하는 말 같았다. 여행에 관한 글은 여행 중 읽을 때 특히 감회가 남다르다. 내 여행을 도운 소중한 인연들을 떠올려보았다. 무모했던 내 여행은 하나님이 나를 도우라고 보내신 사람들 덕분에 무탈하게 이어지고 있었다.

페이지를 계속 넘기다 보니 문장 하나가 나를 멈춰 세웠다.

'뭐가 뭔지 알 수 없어서 막막하고 두려울 때 남한테 쉽게 답을 구하려 하지 말고 내 마음에 먼저 물어야 합니다.'

6장

그래도
여기까지
왔다

과거의 나는 막막할 때 나를 믿지 못해 괴로웠고 내가 가진 능력을 어떻게 써야 할지를 남에게 묻는 일로 시간을 허비했다. 이제 막 나는 나와 친하게 지내기 시작한 참이다. 나를 변화시킬 수 있는 방법은 오직 나만이 알고 있다. 마치 이 문장을 보물찾기 하려고 내가 이 도서관에 온 게 아닐까 착각이 들었다. 그러나 또 다른 페이지를 열었을 때 그것은 착각이 아니라 신의 계시였다는 사실을 깨달았다. 나는 크고 굵은 이 문장에 깜짝 놀랐다.

'그래도 여기까지 왔다.'

이 말이 나를 이곳에서 계속 기다렸을까? '그래도 용케 여기까지 다시 찾아왔네, 그동안 고생 많았다.'라고 말하는 것 같았다. 한참 동안 이 문장을 물끄러미 바라보았다.

밖으로 걸어 나오니 하늘이 다시 흐려졌다. 레진브레드를 사기 위해 심부름을 다녔던 울월스가 여전히 그 자리에 있었다. 17년 전 나는 꿈을 꾼 것 같은데 울월스가 있던 자리를 정확히 기억하는 것 보니 그건 꿈이 아니었구나. 빨간 머리 앤처럼 씩씩하게 낯선 동네에서 아르바이트를 하던 과거의 나를 그리워하다니, 갑자기 눈시울이 붉어지더니 눈물이 왈칵 쏟아졌다. 이 길을 계속 걷다 보면 혹시 내가 기억할 것이 더 있을까. 그때의 내가 눈앞에 서 있을 것만 같아 나도 모르게 주위를 샅샅이 살폈다. 시간이 멈춘 것 같았다.

카페가 있었던 자리로 되돌아 걸었다. 지금은 스시하우스라는 파란 식당이 자리하고 있었다. 테라스 좌석이 있던 울퉁불퉁한 바닥에는 시멘트가 발라져 있었다. 머릿속에는 고든카페의 생김새가 정확하게 그려지는데,

더 이상 이곳엔 고든카페가 없다.

이른 아침 샌드위치 재료를 바쁘게 준비하고 커피도 숨어 마시던 위치를 가늠해보고 그 어디쯤에 앉았다. 한국인 사장님은 스시 가게를 오픈한 지 3주가 되었다고 했다. 번창하시길 진심으로 바라는 마음에 점심을 사 먹었다. 혼자서 음식을 천천히 씹다가 내부를 찬찬히 둘러보며 여기가 이렇게 비좁았었나 생각했다. 그리운 추억 속 공간은 늘 현실보다 크다.

아쉬움을 뒤로한 채 되돌아가는 길, 지하철 안에서 이유 없이 눈물이 쏟아져 고개를 떨구었다. 너무 많은 마음들이 밀려와 그랬을 것이다. 또 너무 많은 추억들이 쏟아져나왔다. 오늘 여기에 온 것은 잘한 일일까. 그때의 나를 찾고 싶어서, 그때의 나를 기억하는지 고든에게 막연히 묻고 싶었는지 모른다. 나를 기억해주는, 내가 그곳에 있었다는 증거가 될 만한 먼지 한 톨이라도 찾는다면 뛸 듯이 반가울 것 같

았다. 늙은 할머니도 아닌데 스물셋의 내가 왜 이리도 그리운 걸까.

타임머신을 타고 시간여행을 하듯 추억에 깊이 박인 과거의 오늘을 연기처럼 다녀왔다. 아주 어렵게 고든에게 작별인사를 했다. 이제는 더 이상 구글맵에서 이곳을 뒤지는 일은 없을 것이다.

남은 생에 내가 이곳에 다시 오게 될까.

하버브리지를 그려보는 일

_ 세상에서 하나뿐인 우리만의 시드니

"피곤할 테니 돌아가서 좀 쉴까?"

스포츠 캠프가 끝나고 다른 일정 없이 숙소로 돌아온 우리는 냉장고에서 시원한 분다버그를 꺼내 마시고 더위를 식혔다. 쉬라고 말하면 반사적으로 패드를 꺼내오는 아이들을 뒤로하고 나도 침대 위에 털썩 누웠버렸다. 시계를 보니 낮 4시밖에 안 됐고 밖은 여전히 환했다.

'이대로 하루를 마칠 순 없는데…'

갤러리나 박물관은 모두 5시에 문을 닫으니 지금 가기에는 시간이 애매했다. 고민하다가 문득 할 일이 번쩍 떠올랐다.

"얘들아, 일단 나가자!"

"아니, 쉬라고 한 지 얼마나 됐다고 또 나가자고요?"

너무 한 거 아니냐는 은준이는 원망의 눈초리를 보냈다. 안다, 알아. 그렇지만 이대로 시간을 흘려보낼 순 없어. 잠은 한국에 가서 실

110   우리의 겨울이 호주의 여름을 만나면

컷 자고 패드도 한국에서 실컷 해.

나는 억척스럽게 현관문을 열고 아이들이 나올 때까지 문 앞에 서서 기다렸다. 그런 나를 본 아이들은 어쩌지 못하고 순순히 교통카드와 모자를 챙겨 나왔다. 내 손에는 생수병과 함께 무지개 가방이 들려 있었다.

트램을 타고 서큘러키에서 내려 오페라하우스를 향해 걸었다. 날씨가 좋아서인지 인파들로 북적였다. 적당한 장소를 물색하다가 마침 가장자리 좌석이 비어 있는 테라스 카페를 발견해 그곳에 가방을 내려놓았다.

"여기서 그림을 그리자고요?"

눈이 동그래진 아이들을 보면서 나는 활짝 웃었다. 고학년이 되면서 그림과 담쌓은 아들도, 어떻게 자기가 저렇게 거대한 것들을 그리냐며 입이 쭉 나온 딸도 모두 한숨을 쉬었다. 그림을 그려보는 일이 숙제의 무게로 느껴진 걸까.

"세상에서 하나뿐인 우리만의 시드니를 그려보는 거야. 잘 그릴 필요도 없어. 이 그림으로 대회 나갈 것도 아니거든?"

무지개 가방 안에서 챙겨 온 준비물을 꺼냈다. 연필과 지우개, 스케치북과 물감, 물통을 대신할 생수병이면 충분했다. 시작이 어려운 아이들을 위해 내가 먼저 연필을 잡았다. 떨리는 손으로 하버브리지의 매끈한 곡선을 그렸다. 전체적인 윤곽을 잡아 밑그림을 그리고 세세한 부분은 지우개로 수정했다. 그걸 본 민하는 이제야 알겠다는 듯 민첩하게 따라 그리기 시작했다. 은준이는 우리랑 똑같은 건 하기 싫다며 오페라하우스를 그리기 시작했다. 구시렁할 때는 언제고 입술을 굳게 다물고 그림에 집중하기 시작한 아이들이 귀여워 웃음이 났다.

그제야 테이블 위의 QR코드를 스캔하고 아이스크림과 깔라마리튀김을 주문했다. 시티 대부분의 식당은 스마트폰으로 메뉴 조회와 선택, 결제까지 앉은 자리에서 모든 게 가능하다. 직원이 하는 일은 음식을 서빙하고 치우는 일뿐이다. 코로나19 팬데믹으로 대면을 최소화하기 위한 사업가들의 재치가 놀라웠다.

하버브리지를 좀 더 사실적으로 그리기 위해 평면의 시각으로 구도를 살폈다. 네 개의 곡선 사이에 N자 모양이 끼워진 형상이다. 양쪽 끝에 짙은 회색의 벽돌탑이 두 개씩 다리를 지지하고 있다. 다리 중앙부 꼭대기에는 호주 국기와 애보리진 국기가 나란히 펄럭이고 있다. 다리 반대편 아래에 루나파크가 있고 다리 뒤로는 정박된 요트와 노스시드니의 저택들이 보인다. 정확한 묘사를 위해 꼼꼼히 관찰하느라 시간 가는 줄 모르고 그렸다 지웠다를 반복했다. 어느덧 하늘이 붉게 물들고 있었다. 열심히 집중한 아이들의 그림을 살피다 흥미로운 점을 발견했다.

민하는 내 그림에서 힌트를 얻어 하버브리지를 자기만의 방식으로 개성 있게 잘 표현했다. 연필을 잡은 손과 밑그림에 힘이 느껴졌으며 루나파크와 관람차를 사실에 가깝게 그려냈다. 은준이는 오페라하우스의 특징을 살려 뾰족한 지붕 곡선을 그려보다가 정확도가 떨어지니 중간에 포기하려고 했다.

"정확하게 그리지 않아도 돼. 정확하게 그릴 거면 사진을 찍으면 되지. 이건 그냥 우리의 느낌을 그려보는 거야."

실의에 빠진 은준이를 위로했지만 나와 민하의 도화지가 빼곡하게 채워졌을 때 은준이의 도화지에는 신중함이 묻어 있는 몇 개의 선밖에 그려진 게 없었다.

"그럼 밑그림을 차라리 물감으로 그려볼래?"

밑그림이 완성되지 않았지만 모두의 진도를 맞추려면 이제 색칠을 해야 했다. 안 그러면 오늘 해가 지기 전에 숙소로 돌아가지 못할 것이다. 은준이는 물감으로 두껍게 밑그림을 그리고 보이는 대로 색을 입혔다. 민하도 푸르스름한 바다, 파란색 바다, 지저분한 바다를 골고루 섞어가며 바다를 색칠하는 데 온 신경을 집중했다.

이 모습을 우리 뒤에서 한참 동안 지켜보던 할머니들이 다가와 'Awesome!', 'Gorgeous!', 'Adorable!' 같은 각종 감탄사로 칭찬 세례를 퍼붓기 시작했다. 할머니들의 칭찬 덕분에 아이들은 어깨가 으쓱해졌다.

　강한 선과 힘 있는 붓터치로 죽어가는 그림을 살린 은준이의 얼굴이 한결 밝아졌다. 실제를 보고 상상력을 얹어 도화지에 그렸으니 세상에 하나뿐인 걸작이 탄생했다고 칭찬해줬다.

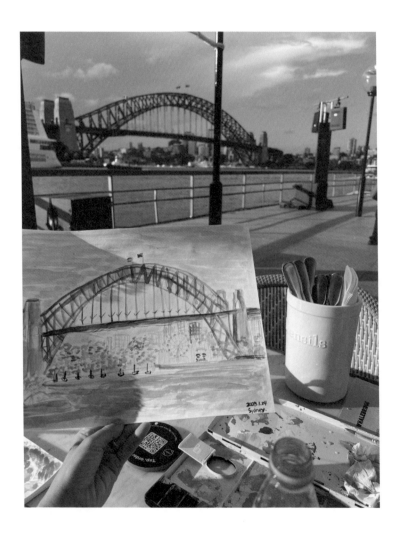

　우리의 겨울이 호주의 여름을 만나면

끝까지 도화지에 정성을 쏟은 여덟 살 민하의 책임감에도 칭찬의 박수를 보냈다. 아이들의 작품과, 오랜만에 실력 발휘를 한 내 작품까지 소중한 추억들을 사진으로 담았다.

팀 패리스는 그의 책 『타이탄의 도구들』에서 배거본딩은 태도이며, 사람과 장소, 사물에 진심으로 흥미를 보이는 생생한 모험가가 될 때 우리는 다양한 기회를 얻을 수 있다고 말했다. 관찰은 아이들에게 중요한 행위이지만, 자극적인 유튜브 영상은 아이들이 뇌를 쓸 필요가 없게 만들고 빽빽한 학원 일정은 관찰할 시간을 빼앗아간다.

관찰 기회를 주려고 나는 때때로 그림으로 질문을 한다. 관찰하며 그릴 때 꼬마 화가들은 건축가의 숨겨둔 의도까지 찾아낼지 모른다. 아이들은 어른보다 더 솔직한 눈으로 세상을 보기 때문이다. 그리기 위해 관찰하면 비교와 연결을 통해 사물을 가늠할 수 있다. '뾰족한 것들이 모여 둥글게 됐다.'와 같은 표현은 관찰하지 않으면 이해할 수 없다. 충분한 시간을 갖고 사물을 관찰하는 일, 숙제가 없는 지금이 아니면 쉽게 해볼 수 없는 경험이다.

또 아이들은 여행할 때 본 장면이나 알게 된 사실보다는 느낌이 더 오래 남는다고 한다. 자세히 들여다본 하버브리지와 오페라하우스의 디테일은 시간이 지나면 잊힐 것이다. 그러나 세계적으로 유명한 관광지에서 우리만의 걸작이 탄생했다는 뿌듯함, 지나가는 할머니가 칭찬할 때 심장이 간질거리던 느낌, 엄마보다 더 잘 그렸다는 자부심, 대상을 빤히 바라보면서 길이를 가늠하고 모양을 중얼거리는 진지함 등의 느낌은 오랫동안 남을 것이다. 오늘 아이들의 말랑한 가슴에 뿌려진 신선한 느낌의 재료들이 인생을 감칠맛 나게 해주는 조미료가 되기를 기도한다.

시드니의 미라클 모닝

_ 아침잠을 싹둑 잘라 산책에 더하기

알람이 울렸다. 아이들은 여전히 한밤중이다. 양말을 신고 모자를 눌러쓴 뒤 조용히 숙소를 빠져나왔다. 로비 문이 열리니 시원한 새벽 공기가 콧속으로 빨려 들어왔다. Campos 원두를 쓰는 카페에서 싱싱한 커피 향이 났다. 지난밤 분주했을 쓰리몽키즈 펍을 등지고 트램이 오는지 확인한 뒤 도로를 건넌다. 이대로 쭉 걸으면 뮤지엄역이 보이고 금세 하이드파크에 도착할 것이다.

발걸음을 멈췄다. 고개와 몸을 360도 회전하며 주위를 살폈다. 오늘 나는 17년 전 해야 할 일을 하러 왔다. 아침 일찍 일어나 하이드파크에서 조깅을 해보는 것. 보는 사람도 없는데 혼자서 부끄러워하며 중얼거렸다.

"진짜 왔네, 나도 참…. "

오랜만이야, 하이드파크. 내가 얼마나 널 그리워했는지 몰라. 여기까지 온 내가 대견하다가도 한편으로 억척스럽다고 생각했다. 꿈이 아닌 게 맞는지 확인하려고 볼을 꼬집었다.

빠르게 걷다가 뛰었다. 가쁜 숨을 내쉬며 눈부신 아침 햇살이 분수대의 물로 무지개를 만드는 모습을 감상했다.

만약 내가 6시에 일어난다면 아이들이 일어나기 전까지 최소 한 시간 이상은 아침 산책에 보낼 수 있었다. 나는 과감하게 아침잠을 싹둑 잘라 산책 시간에 더했다.

새벽에 눈을 뜨면 제일 먼저 발코니로 나와 신선한 공기를 온몸으로 마셨다. 한 달 내내 창문을 열어놨어도 숙소에 먼지가 쌓이는 법이 없었다. 가리는 것 없이 끝없이 펼쳐진 대지를 응시하고 있노라면 마음에 좋은 기운이 찾아왔다.

1월의 시드니는 새벽 5시에 해가 뜬다. 뜨는 해와 함께 사람들의 일상도 일제히 시작된다. 그 시간 숙소 밖으로 나가면 조용히 벤치에 앉아 책 읽는 여자나 옹기종기 모여 앉아 브런치를 즐기는 가족을 쉽게 볼 수 있다. 하루를 일찍 시작하는 사람들을 위해 그보다 더 빨리 스콘과 크루아상을 굽고 카페 문을 여는 사람들이 있었다.

산책을 돕는 플레이리스트를 귀에 꽂고, 오래된 건물이 겸손하게 내어주는 그늘을 지나 커다란 보폭으로 신호등을 가로지르는 행인들의 표정을 관찰하며 걸었다. 이른 출근길 초조함과 피곤함이 아닌, 아침 햇살을 받으며 커피 한잔의 여유로 하루를 시작하는 사람들의 에너지가 느껴졌다. 나도 그들의 일부가 되고 싶어서 일찍 일어나 숙소를 나섰다. 걷다 보면 마음이 깨끗해지고 새롭고 낯선 풍경과 함께 좋은 생각들이 찾아왔다. 찌꺼기 같은 생각들은 깨끗하게 씻겨 나갔다.

공복의 아침 산책 덕분에 군살로 뒤덮인 내 옆구리와, 구부리면 볼록 튀어나오는 말랑한 지방들이 연소되기 시작했다. 한국에선 고통스럽게 굶어도 빠지지 않던 살이 무려 4kg나 빠졌다. 티셔츠에 에코백 하나만 걸쳐도 내 마음에 쏙 드는 내가 거울 앞에 서 있었다. 잔뜩 멋부린 사람보다 맵시 있게 운동복을 입은 여자가 부러워졌다. 몸과 마음의 근육이 함께 단단해진 것 같았다.

호주에서 매일 아침 새로운 취미가 생겼다. 아침에 일찍 일어나 내 마음을 씻어내는 취미. 침대에서 비비적대던 과거와 결별하고 아침은 하루 중 가장 기다려지는 시간이 됐다. 한 시간 일찍 하루의 문을 연 덕분에 나에게는 좋은 손님들이 많이 찾아왔다.

수퍼맘(Supermom)&수포맘(수영 포기한 엄마)

_ 나만의 힐링 서랍이 가득 채워진 하루

스포츠 캠프가 없는 주말 아침, 아이들은 아침 9시가 넘도록 늘어지게 늦잠을 잤다. 덕분에 나도 산책 시간이 늘었다. 너희는 많이 자서 좋고, 엄마는 혼자만의 시간이 늘어나서 좋고.

발코니에서 게으른 식사를 마치고 이제는 약간 질릴 법한 참치와 스팸과 계란을 넉넉히 넣은 엄마표 간편 김밥을 쌌다. 도시락과 물, 선크림, 비치타월을 차곡차곡 넣은 나이키 백팩을 야무지게 메고 아이들과 왓슨스베이로 향했다.

날씨 어플이 낮동안 구름이 낄 거라 예보했다. 살 타고 더운 건 딱 질색인 나는 오늘처럼 구름이 해를 적당히 가려주는 날씨를 좋아한다. 왓슨스베이에 가면 피시앤칩스를 꼭 먹어보라고 하기에 페리 선착장에서 내리자마자 보이는 가게에서 피시앤칩스를 포장해 나왔다. 아침을 먹고 나온 아이들도 바삭한 튀김 향에 강아지처럼 코를 킁킁댔다.

"튀김은 자고로 따뜻할 때 먹어야 맛있지?"

로버슨 공원 데크에 자리를 잡고 앉아 뜨끈한 피시앤칩스를 맛보기 시작했다. 먹는 걸로 싸우는 건 남매들의 국룰인가? 적당히 먹을 양을 배분해 줘도 자기 것을 순식간에 해치운 은준이는 먹는 속도가 느린 동생 것을 탐내며 '한 입만' 구걸을 시작했다. 거절과 애원이 반복되도록 내버려둔 채 나는 평화로운 공원의 풍경을 지켜보다가 일어날 준비를 했다.

언덕에 놀이터가 보였다. 민하는 놀이터의 그네를 절대로 그냥 지나치는 법이 없었다. 은준이는 유치하기 짝이 없는 놀이터에서 아슬아슬하게 노는 방법을 터득했다. 큰 원반 위에 작고 귀여운 아이들이 삼삼오오 앉으면 키 크고 힘센 은준이가 온 힘을 다해 밀어줬다. 돌아가는 원반 위 아이들은 엎치락뒤치락 깔깔깔 웃었다. 동생들에게 제 수고가 도움이 될 때 으쓱해하는 은준이의 순수한 마음이 오래 가길 바랐다.

버스정류장을 향해 걷는 길, 고인돌로 의심되는 커다란 바위를 보고 호기심이 생긴 아이들은 저게 뭐냐고 물었다.

"아마도 고인돌일 거야. 옛 조상들의 무덤인데 옛날에는 부족장이나 추장들, 그러니까 높은 사람들의 무덤을 이런 식으로 만들었대. 무거운 돌을 올리느라 얼마나 힘들…."

말이 떨어지기도 전에 아이들은 돌 앞에 대고 절을 했다.

"아이고 추장님, 우리 가족 건강하고 즐겁게 호주 여행할 수 있게
해 주세요!"

코맹맹이 소리로 건들대며 그 옆에서 맞장구치는 남매들. 별안간

돌 앞에서 방귀 뀌는 소리를 경쟁하다가 깔깔깔 웃는다. 실없는 아이들의 장난에 나도 함께 웃었다.

버스는 골목 구석구석을 지나 본다이비치에서 정차했다. 탁 트인 바다에 감탄사가 절로 터져 나왔다. 처음 본다이비치를 마주했을 때 절벽 위에서 바라본 태평양의 감동이 그대로 떠올랐다. 호주는 정말이지 17년 전과 달라진 게 하나도 없었다. 아찔한 절벽 아래 쪽빛 바다는 말할 것도 없고, 해안선을 따라 펼쳐진 고운 모래사장과 일광욕을 즐기는 사람들은 천국에 있었다.

아이들은 본다이 아이스버그 수영장을 보더니 당장이라도 뛰어들 기세였다. 그런데 큰 문제가 있었다.

"어떻게 바다에 오면서 수영복도 안 가져오냐고요."

수영복이 없어 허탈해진 아이들은 그늘도 없는 코스탈워크를 투덜 대며 걸었다. 나는 쨍한 하늘이 원망스러웠다.

이렇게 맑을 줄 알았으면 오늘 비치에 안 왔다. 흐릴 줄 알고 수영복을 안 챙겼던 것이다. 나는 아이 둘을 호주에 데려온 슈퍼맘이지만 이번 생에 수영을 포기한 수포맘이기도 했다. 물놀이를 좋아하는 아이들의 기호를 챙기지 못한 내가 원망스러웠다. 수천 킬로미터 떨어진 한국에서 남편이 나를 꾸짖는 소리가 들리는 것 같았다.

해안 산책로를 따라 20분쯤 걸었을 때 U자형 모래사장에서 파도를 즐기는 사람들이 보였다. 더워서 그만 걷고 싶다는 아이들은 맨몸으로라도 비치에서 놀겠다고 내 바짓가랑이를 잡고 늘어졌다.

"옷 젖어서 너네 이따 추워도 엄만 죄 없다!"

그와중에 먼핏거리를 찾는 나, 나중은 생각도 안 하고 바다로 뛰어들 준비를 하는 아이들이나, 대책이 없긴 매한가지다. 은준이는 상의를 벗고 등에 선크림을 덕지덕지 바른 뒤 제 키보다 높은 파도에 펄쩍 뛰어 몸을 맡겼다. 탈까 봐 걱정돼 단단히 쓰고 있으라던 모자는 내팽개친 지 오래다. 고래 입처럼 밀려온 파도가 은준이를 삼키고 한참 뒤 축구공만한 머리가 떠올랐다. 물이 얼마나 좋으면 저럴까. 수포맘의 아들이 맞나 싶어 고개를 설레설레 저었다. 오빠 뒤에서 조심스레 파도를 타던 민하는 그늘에 앉은 내 옆에서 모래놀이도 했다가, 다시 파도타기도 했다가 제멋대로 바다를 즐겼다. 나는 바닷물에 발을 슬쩍 담갔다가 모래 위에 타월을 깔고 앉았다.

'난 물이 정말 싫어. 바닷물에 빠지면 모래도 묻을 텐데, 이따 씻을 때 얼마나 찝찝할까. 대체 물놀이는 왜 하는 거지?'

아이들을 지켜보다가 달콤한 낮잠을 청했다.

놀고 난 뒤 수고를 쓰는 일은 고통스럽다. 아이들은 신나게 놀 때는 몰랐다. 해 질 무렵 젖은 옷이 아이스팩이 될 줄은. 비치마다 간이 샤워시설이 있어 따뜻한 물로 모래는 겨우 떨어냈다.

민하는 내 린넨 셔츠와 비치타월로 추위를 가렸지만 은준이는 젖은 스포츠 바지를 그대로 입고 가야 했다. 내가 물을 싫어하는 이유다. 놀 때만 좋지, 놀고 난 다음은 이렇게 번거롭다. 빨리 숙소로 돌아가 자고 발걸음을 재촉했다.

버스를 타고 지하철역까지 갔으나 무슨 사정인지 역무원이 우리를 가로막으며 지하철 운행이 끝났다고 했다. 하는 수 없이 한참을 걸어, 나 같은 사람들로 북새통인 333번 버스에 겨우 올라탔다. 콩나물시루 처럼 **빽빽**한 버스 안에서 추위는 겨우 면했지만 민하는 다리가 아프 다고 징징대기 시작했다.

"많이 걸어서 그래, 조금만 참자."

아이를 달래는 내 말에는 누군가 아이를 보고 자리를 양보해주길 바라는 희망이 섞여 있었지만 우리 앞에 앉은 젊은 여자는 제 휴대폰 만 만지작거리며 아프다고 징징대는 아이를 못 본 체했다. 호주 사람 들이 대부분 아이에게 관대하다고 생각했는데 모두가 그런 게 아니 라는 걸 처음 느꼈다. 막히는 버스 안에 서서 아이들과 시간을 견디는 일은 고통스러웠다.

씻고 나서 보송해진 아이들과 잠시 휴식을 취하다가 달링하버로 향 했다. 어제 예약한 달링쿼터 야외 영화관에서 15분쯤 줄을 섰다. 입구 에서 아이들에게만 뭔가를 나눠주는 게 보였다. 그것은 바로 아이들이 좋아하는 해리포터 피규어 세트였다! 영화도 무료인데 피규어까지, 너희들 정말 운이 좋다!

스크린이 잘 보이는 푹신한 빈백에 몸을 기대니 하루의 피로가 싹 달아났고, 영화를 기다리는 이 순간이 황홀했다. 아이들은 들뜬 표정으로 상자를 뜯었다. 나는 집에서 챙겨 온 스낵과 음료로 영화를 즐길 만반의 준비를 마쳤다. 이윽고 워너브라더스의 오프닝 사운드와 함께 영화가 시작됐다. 청량한 밤 공기와 맥주를 한 번에 들이켰다. 이 순간이 천국이다!

야외에서 보는 〈해리포터와 불의 잔〉은 다시 봐도 재미있었다. 별안간 어디선가 시끄러운 소리가 들렸다.
"펑..퍼버버버펑 펑! 펑!"
스크린 너머에서 매주 토요일 저녁마다 열리는 달링하버 불꽃놀이가 시작된 것이다. 야외 영화관 뒤로 불꽃놀이라니!

눈만 감으면 언제든 꺼내볼 수 있는 나만의 힐링 서랍이 풍성해졌다. 수영은 못했지만 아름다운 바다와, 나른한 해변의 낮잠과, 선물 같은 달링하버의 불꽃놀이가 켜켜이 담겼다. 오늘도 슈퍼맘 같았던 스스로를 칭찬하며 허벅지를 쓸어내렸다.

우리의 겨울이 호주의 여름을 만나면

우리가 오페라를 즐기는 법

_ 오페라하우스까지 왔으면 오페라를 봐야지

오페라하우스에서 상연하는 푸치니 〈라보엠〉 공연을 한국에서 미
리 예매했다. 〈라보엠〉은 푸치니 오페라 중에서도 가장 유명한 작품

인데 마침 우리가 시드니에 머무는 동안 상연 중이었다. 홈페이지를 통해 나란히 세 자리를 예매했다. 예매까지는 성공했지만 문제는 그 다음이다. 솔직히 나는 오페라에 대해서 아는 바가 전혀 없었기 때문이다.

과거에 런던에서 〈오페라의 유령〉을 관람한 적이 있었는데 내 좌석 바로 앞에 기둥이 있어 집중도 안 됐고, 내용도 잘 몰라 절반 이상을 졸았던 기억이 났다. 남은 줄거리도, 감동도 없었던 그날의 경험을 되풀이하긴 싫었다. 검색창에 '오페라 관람하는 법'이라고 쳤더니 다양한 검색결과가 쏟아져 나왔고 이를 바탕으로 내가 실행에 옮긴 방법은 다음과 같다.

1. 쌍안경 준비: 좌석이 무대와 멀리 떨어져 있으면 몰입도가 떨어질 수 있으니 확대해서 볼 수 있는 쌍안경을 준비해 간다.
2. 줄거리 사전 파악: 유튜브에 아이의 눈높이에서 유명 오페라를 이해하기 쉽게 설명한 영상이 있어 여러 번 보여줬다. 한국에서 상연된 〈라보엠〉 녹화 영상도 시청했다. 가난한 예술가의 사랑 이야기가 아이들에게 낯설지 않게 가볍게 이야기도 나눴다.
3. 대표곡 반복 재생: 〈그대의 찬 손〉을 한 달 동안 자기 전 반복해서 들려줬다.

드디어 그날이 되었다. 우리는 구경만 하던 오페라하우스에 들어갈 수 있다는 사실로 아침부터 설레었다. 저녁 7시 30분 공연이지만 6시쯤 도착해 기념사진도 찍었다. 공연장 입구에는 우아하고 고급스럽게 차려입은 사람들로 가득했다. 우리도 가져온 옷 중 그나마 점잖은 옷으로 차려 입었지만 그들과 비할 바 못됐다.

예매한 좌석을 찾아 아이들을 사이에 두고 앉았다. 민하 옆에 앉으신 할머니 한 분과 눈이 마주쳐 짧게 인사를 나눴다.

"아이들과 같이 왔나 보군요."

"네, 정말 기대돼요, 아이들이 즐겁게 관람했으면 좋겠어요."

"아들에겐 잊지 못할 경험이 될 것 같은데요? 우리 아들은 이런 거 싫어해요. 나만 이 공연 두 번째예요."

"어머 정말요? 두 번이나 보러 오시다니, 대단해요."

"기가 막히게 멋져요. 오죽하면 나 혼자 이걸 또 보러 왔겠어요, 당신도 정말 좋아할 거예요."

'LA BOHEME' 글씨 아래 장막이 걷히며 드디어 오페라가 시작됐다. 준비를 하고 와서인지 각오가 남달랐다. 얼마 지나지 않아 익숙하게 들었던 〈그대의 찬 손〉이 흘러나왔다. 아는 곡이 나와 반가워하며 흥얼거리던 민하는 금세 잠들었다.

은준이는 쌍안경에서 눈을 떼지 않았다. 쌍안경을 통해 보니 인물의 표정까지 생생하게 보인다고 했다. 이탈리아어를 알아듣지 못해도 무대 양쪽 영어 자막의 도움을 받아 스토리를 이해해나갔다. 그런데 아뿔싸! 모든 준비가 완벽할 거라 생각했는데, 중요한 것을 빠뜨렸다.

호주에서는 좀처럼 쓸 일이 없던 은준이의 안경을 숙소에 두고 온 것이다. 안타까워하는 나를 보며 은준이가 속삭였다.

"엄마, 괜찮아요. 쌍안경으로 집중해서 잘 볼게요."

오페라하우스에서 직접 관람한 공연은 한국에서 유튜브로 시청했던 것과는 비교도 안 되게 생동감 있고 웅장했다. 작은 무대를 꽉 채운 배우들과 무대장치, 무대 아래를 메운 오케스트라의 향연이 객석을 감동의 도가니로 빠뜨렸다. 여주인공 '미미'는 두 명의 배우가 번갈아 연기하는데 운이 좋게도 이날 Karah Son이라는 한국 배우가 열연을 해 주었다. 세계적으로 유명한 공연에 한국 배우라니, 자랑스러운 마음이 들었다.

인터미션에 은준이와 오페라가 어땠는지 이야기를 나눴다. 나는 2막의 화려한 무대 장치에 마음을 빼앗겼고 은준이는 아이들이 쏟아져 나오며 노래하는 장면이 인상 깊었다고 했다.

"엄마, 아이들도 뮤지컬 배우를 할 수 있어요?"

뮤지컬 배우는 어른만 하는 줄 알았다며 제 또래의 아이들이 배우로 나온 것을 보고 호기심 어린 표정을 지었다.

3막과 4막은 주인공의 갈등과 미미의 죽음으로 진지하고 무거운 내용이었지만 나중에 읽어본 은준이의 일기장에는 놀랍게도 4막이 가장 감동적이었다고 쓰여 있었다. 진지하게 오페라를 감상한 아들이 부쩍 자란 것 같아 뿌듯했다.

늦은 밤 숙소에 도착해 침대에 누웠지만 오늘 본 오페라의 감동이 좀처럼 식지 않았다.

"얘들아! 우리는 오페라하우스에서 오페라를 관람한 특별한 사람들이야, 정말 근사하지 않니? 엄마는 너무 뿌듯해!"

"엄마, 진짜 멋진 공연이었어요. 나중에 또 시드니에 와서 다른 공연도 보고 싶어요!"

"나는 그 '테코사 바~초~' 하는데 너무 웃겨서 혼났어!"

민하도 거들며 곡을 따라 불렀다. 두 시간 내내 잠만 잤어도 기억에 남는 게 있었다니, 관람료가 아깝지 않았다.

오페라하우스에서 오페라를 봤다는 특별한 경험이 아이들의 마음속에 평생 살아남아주기를 소망하며 발코니로 나왔다. 비에 젖은 시드니의 야경을 안주 삼아 맥주 한 캔을 땄다. 아까 본 오페라 주제곡 〈그대의 찬 손〉을 감상하며 맥주를 한 모금 들이켰다.

호주에 와서 술이 많이 는 것 같다.

어디서부터 잘못된 걸까

_뜻대로 잘 안 되는 게 인생이겠지

'여행'과 '실패'라는 단어는 안 어울리지만 무탈했던 지난 며칠이 무색하게, 나를 김빠지게 한 날이 있었다. 머피의 법칙이라는 게 정말 있을까?

이왕 호주에 왔으니 다양하게 테니스나 골프도 체험해보면 좋을 것 같아 무어파크 스포츠 캠프를 예약했다. 지난주 올림픽파크 캠프와 시드니대학 캠프에도 성공했으니 무어파크 캠프도 문제없을 거라 생각했다. 그런데 버스를 타고 도착한 무어파크에서 아이들의 캠프 장소를 보고 깜짝 놀랐다. 그날따라 구름 한 점 없어 햇빛이 강했는데 그늘이 하나도 없었기 때문이다. 어른인 나도 버티기 힘든 따가운 햇살에 아이들이 잘 버틸지 걱정이 밀려왔다.

캠프가 시작되니 나이로 그룹을 나눈 뒤 은준이는 테니스를, 민하는 저만치서 넷볼을 배웠다. 예상대로 민하는 캠프가 시작된 지 30분도 채 안 돼 벌겋게 그을린 얼굴로 울상을 짓기 시작했다.

자리를 뜨지 않고 아이들이 잘 적응하는지 계속 지켜봤지만 아무리 생각해도 아이들을 이곳에 남겨두고 어딘가에서 한가하게 커피나 마시고 있을 나를 상상할 수 없었다. 결국 힘들다며 구석에 쪼그려 앉아 우는 민하가 짠해서 데리고 나왔다. 시무룩하게 테니스공을 튕기던 은준이도 엄마가 가자고 손짓하니 힘없이 걸어 나왔다.

"좀 할 만하니?"

은준이에게 물으니 시드니대학 스포츠 캠프와는 분위기가 너무 다르다며, 어떤 아이가 자기를 툭 치고는 사과 한마디 없어 언짢았다고 했다. 그 말을 들으니 나도 심기가 불편해졌다.

처음으로 깊은 고민에 휩싸였다. 이렇게 포기해도 괜찮을까. 민하는 너무 힘들어하니 안 되겠고, 은준이만이라도 계속 시켜볼까 갈팡질팡했다. 한참을 고민하다 캠프 담당자에게 둘 다 캠프를 그만두겠다고 양해를 구했다. 프로그램은 정말 좋지만 아이들이 아직 준비가 덜 된 것 같아 죄송하다는 공손한 핑계도 거들었다.

담당자는 선생님들에게 잘 부탁해볼 테니 다시 생각해보라고 했다. 다시 간절히 부탁하는 나를 보며 그는 난처한 표정을 짓고는 캠프 등록비의 50%만 환불해주겠다고 했다. 캠프가 시작된 지 이제 겨우 1시간 지났는데 3일치 캠프비의 50%라니, 이런 경우가 어디 있냐고 따지고 싶었다.

우리의 겨울이 호주의 여름을 만나면

그런데 내 옆에 벌건 얼굴로 나만 바라보고 서 있는 아이들이 마음에 걸렸다. 하는 수 없이 인색한 담당자에게 마음에도 없는 사과를 한 번 더 하고 그 자리를 빠져나왔다.

지금이라도 시드니대학 캠프에 가면 우리를 받아줄까 싶어 디디를 타고 갔는데 그날따라 캠프 장소가 바뀌었는지 아무도 보이지 않았다. 점심때가 돼서야 나타난 코치는 오늘은 날이 더워 실내에서 훈련을 했으며, 규정상 당일 등록은 안 된다고 거절을 놓았다. 월요일인 오늘을 제외하고 내일부터 캠프를 등록하려니 할인 적용도 안 돼 지난주보다 비싼 캠프비를 지불해야 했다. 이번 주는 캠프비로 막대한 지출이 예상돼 서글퍼졌다.

엎친 데 덮친 격으로, 우울한 기분을 떨쳐내려 찾아간 유명 레스토랑은 브레이크 타임이었다. 배고픈 우리는 짜증과 피로가 뒤섞여 투덜거렸다. 숙소까지 가는 버스도 없었지만 택시비라도 아껴야겠다는 생각에 한참을 걸었다. 결국 나는 아이들의 원망으로 두들겨 맞는 신세가 됐다. 시간과 동선이 꼬이고 얻은 것 없이 불필요한 지출만 생겨 상처받은 하루.

오늘, 어디서부터 잘못된 걸까?

우리의 겨울이 호주의 여름을 만나면

한여름의 추위

_ 아이들은 즐거우면 변온동물이 된다

2023년 한여름의 시드니는 기후 위기 탓인지 사계절이 공존하는 기이한 날씨였다. 어쩌다 맑은 날에도 한낮의 기온이 27도를 넘지 않았다. 흐리거나 비가 오면 춥기도 했다. 한국에서 가져온 옷들이 죄다 반팔에 민소매인 것만 빼면 여행하기엔 더할 나위 없이 좋은 날씨였다.

그래도 비교적 흐린 날로 정했다. 날씨가 맑으면 야외활동은 무리다. 일기예보는 정확히 들어맞았고, 구름 낀 하늘을 보고 안심하며 집을 나섰다. 오늘은 시드니에서 처음으로 아이들과 타롱가주(Taronga Zoo)라는 동물원에 가는 날이다.

야외에서 펭귄을 구경하는데 극심한 추위가 느껴졌다. 낮이 되면 당연히 기온이 오를 거라 굳게 믿었지만, 기온이 올라야 할 한낮이 되어도 바람은 더 썰렁해졌다. 반팔에 반바지를 입은 은준이는 추위를 타지 않는 편인데도 팔뚝에 돋은 닭살이 눈에 보였다. 민하는 우비를 입었지만 그래도 춥다며 발을 동동 굴렀다. 반팔 티셔츠 위에 린넨 셔츠를 걸치고 있는 나도 너무 추웠다. 마침 보이는 놀이터로 아이들을 내몰며 말했다.

"너희가 신나게 놀면 추위를 잊을 거야, 많이 움직여보자!"

스프레이처럼 뿌리는 비가 바람에 섞여 내리니 더 추웠다. 겨울이라 해도 믿을 날씨에 아들의 반팔이 안쓰러웠다. 내 옷이라도 벗어줘야겠다 싶어 왼쪽 소매를 잡아 내리는 순간, 어깨에 참을 수 없는 한기가 느껴졌다. 벗으면 내가 얼어 죽을 것 같아서 소매를 다시 올렸다. 어쩐지 아들에게 미안해졌다.

물개를 볼 때도, 호랑이를 볼 때도, 간식을 사 먹일 때도 내 머릿속에는 온통 추위를 벗어날 생각밖에 없었다. 마침 기념품 가게에 걸린 후드티가 눈에 들어왔다. 촌스러운 디자인에 가격은 죄다 5만 원이 훌쩍 넘었다. 계산기가 이마 위로 모습을 드러냈다. 타롱가주의 1인 입장료와 간식비, 교통비의 합을 초과하는 가격이다. 아이가 춥다는데 나는 왜 계산기를 두들기고 있는 것인가!

분명히 이 옷은 몇 시간 아이들을 따뜻하게 해주고는 캐리어 속 공간만 차지할 것이다. 촌스러운 후드티가 내 지갑을 째려보고 있었지만 애써 외면하고 기념품샵을 나왔다. 결국 후드티를 사지 못한 쫌생이 엄마는 코알라와 캥거루에 신난 아이들을 졸졸 따라다니며 죄책감으로 하루를 보냈다.

우리의 겨울이 호주의 여름을 만나면

동물원에서 나오는 케이블카 안에서 은준이가 말했다.

"엄마! 오늘이 호주에 와서 제일 재미있는 하루였어요. 여기 또 오면 안 돼요?"

추웠던 기억밖에 없는 하루를 가장 좋았던 날이라고 말해주는 아들이 고마웠다. 시티로 돌아가 뜨끈한 일본 라면을 먹자는 말에 아이들은 더 신이 났다.

한국으로 돌아와 여행 사진을 정리하다 갑자기 그날의 추위가 떠올라 민하에게 퀴즈를 냈다.

"민하야! 우리가 타롱가주 동물원에 간 날, 추웠게 더웠게?"

"정답! 더웠다!"

한치의 망설임도 없이 대답하는 해맑은 민하를 보며 어이없는 한숨과 웃음이 섞여 나왔다. 아직도 그날 린넨 셔츠를 벗어주지 못한 게 후회스럽지만 유일한 보호자인 내가 감기라도 걸렸으면 소중한 호주의 나날 중 며칠은 버려야 했을지 모른다. 그렇지 않아도 캐리어 무게 제한으로 멀쩡한 옷 몇 벌은 버리고 와야 했던 시드니에서 그날 후드티를 사주지 않은 건 잘한 일이었을까.

그날 아이들은 한 번도 내게 옷을 벗어달라고 조르지 않았다. 뒤늦게 읽어본 아들의 일기장 어디에도 추위를 언급한 부분은 없었다. 나

는 아이들을 많이 안아줬을 것이다. 뽀뽀 100번과 100초 허그를 최고
의 선물이라 여기는 아이들은 걷다가 안아주기를 반복하는 엄마가 좋
았을 것이다. 아이들에게 내 품의 온기를 느끼게 해주려고 살에 살을
맞대고 더 꽉 끌어안았을 것이다.

어쩌면 아이들은 엄마의 온기를 느끼면서 더욱 즐거웠을지도 모른
다고, 내 멋대로 해석해 본다.

대화의 골든타임

_ 사소한 것도 시간과 마음을 들여 가르치는 일

아이들과 버블티를 사기 위해 패디스마켓 2층을 둘러보고 있었다.

"와, 저거 금으로 된 거야?"

"우리도 갖고 싶다."

수군거리는 아이들의 시선은 중국인 남자아이가 손에 든 금색 포켓몬 카드를 향해 있었다. 금색 카드를 한 장씩 꺼내어 만지작거리는 모습을 본 아이들 눈도 금색으로 변했다.

"저거, 한국에는 없는 거야? 어디서 샀는지 물어볼까?"

"아, 엄마 안 돼요!"

내가 중국인 아이에게 다가가 물어보려는데 은준이가 내 팔목을 세게 잡으며 난처한 표정을 짓는다.

"왜 그래? 어디서 샀는지 물어봐야 너희도 사줄 거 아냐."

"굳이 그럴 필요는 없잖아요, 창피하고 부끄러운데."

내가 알던 외향적이고 수다스러운 아들이 맞나 의심스러웠다. 낯선 외국인에게 갑자기 다가가 그거 어디서 샀냐고 물어보는 일. 호주에서는 우리가 이방인이기 때문에 그런 생각을 할 수도 있겠다며 아들의 쑥스러움을 이해했다.

"아우, 무슨 그런 게 실례야, 모르면 물어볼 수도 있지, 그럼 너 저거 안 갖고 싶어?"라고 말하며 아들의 손을 뿌리쳤다. 당연히 갖고 싶겠지, 이대로 돌아간다면 2박 3일은 황금카드를 구시렁거릴 게 안 봐도 비디오다. 그런데 또 내 팔을 꽉 붙잡는 것이다. 요 녀석, 되게 싫은가 보다. 실례가 되지 않게 잘 물어보겠다고 아들을 안심시키며, 멀어져가는 중국인 아이를 향해 빠른 걸음으로 다가갔다.

"실례지만 아이가 갖고 있는 포켓몬 카드가 정말 멋져 보여서요, 어디서 산 건지 알 수 있을까요?"

"패디스마켓 1층이요"

아이는 검지손가락으로 아래 방향을 가리키며 말했다.

우리가 서 있는 곳 바로 아래서 샀다는 말에 뒤에서 엿듣던 아이들도 뛸 듯이 기뻐했다. 미로같이 복잡한 패디스마켓은 일단 내려가서 구석구석 뒤지는 수밖에 없다. 그래도 패디스마켓 1층에서 샀다는 사실만큼은 분명히 알았으니 그거면 충분했다.

패디스마켓을 샅샅이 뒤져 발견한 황금 카드를 선물용까지 넉넉히 사고, 하나씩 꺼내 보며 숙소로 돌아가는 아이들의 발걸음이 가볍다.

"너희들, 엄마가 그거 안 물어봤으면 못 살 뻔했어, 알아?"

"응 엄마, 진짜 물어보길 잘한 것 같아요. 최고!"

"아들! 다음부터는 궁금한 거 있으면 물어보자. 물어보는 게 싫어서 포기하는 건 너무 아깝잖아, 알겠지?

"응 엄마 알겠어."

카드에 정신이 팔려 대충 답하는 은준이를 보고 나는 '모르면 물어 봐.' 같은 당연한 진리를 가르쳐야 할 일인가 싶어 새삼스러워졌다.

한 번은 골드코스트에서 'ArtVo'라는 트릭아트 전시를 보기 위해 로비나 쇼핑센터에 간 적이 있다. 우리나라로 치면 하남스타필드쯤 되는 큰 규모의 쇼핑센터다. 구글맵이 알려준 지점까지 찾아왔지만 트릭아트 전시관 입구가 눈을 씻고 찾아봐도 보이지 않았다. 쇼핑센터 안을 헤매다 길을 잃을 참이었다. 예약 시간이 임박하자 아무래도 안 되겠다 싶어 가까이 보이는 'The body shop' 매장의 점원에게 다가가 물어보려고 했다. 그런데 이 녀석이 또 내 팔을 끌어 잡는 것이다.

"아, 엄마… 이건 아니잖아요.."

"왜? 뭐가?"

"아니, 저 사람은 여기서 일하는 사람인데…."

"그게 어때서? 여기서 일하니까 더 잘 알겠지."

"아니, 일하는 중인데, 엄마는 물건을 살 것도 아니잖아요?"

나는 또 말문이 막혔다. 엄마가 물건을 살 것도 아니면서 저 매장에 들어가 직원에게 길을 묻는 일이 저 직원을 실망시키고 김새게 하는 일이라고 생각한 것이다. 한편으로는 상대방의 기분을 배려하는 아들의 마음이 기특하기도 했다. 그러나 지금 물어보지 않으면 가뜩이나 넓은 이곳을 얼마나 헤매야 할지 막막했다. 이번에도 공손하게 잘 묻고 오겠다며 멀찍이 아이들을 등지고 매장으로 향했다. 매장 직원은 불편한 기색 하나 없이 친절하게 위치를 알려주었다.

나를 당황하게 한 것은 전시관의 위치였다. 아이들이 서 있는 곳 바로 뒤, 코딱지만 한 통로가 입구였던 것이다. 만약 점원이 저기가 입구라고 가르쳐주지 않았다면 우리는 절대 입구를 찾지 못했을 것이다.

"저게 입구라고요?"

내가 놀라서 물으니 그 점원이 말했다.

"네, 입구가 좀 작아서 사람들이 못 찾더라고요."

점원은 처음 받는 질문이 아니라는 듯 말했다. 고맙다고 말하고 아이들을 향해 손가락으로 전시관 입구를 가리켰다. 저 작은 통로가 입구라는 사실에 놀란 은준이도 믿을 수 없다는 표정을 짓다가 이내 머쓱해했다.

"엄마가 물어보길 잘했지?"

"아니, 근데 엄마 저분 표정이 안 좋지 않던데요?"

"그래, 안 좋은 표정 지을 게 뭐 있어?"

"물건을 안 사도 친절하게 알려주시는 것 보니 좋은 사람인가 봐요."

내가 묻는 동안 찬찬히 점원의 표정을 살폈을 은준이가 귀여웠다. 자기가 물어본 것도 아니면서 괜시리 내 팔에 매달려 쑥스러워하는 아들이 낯설기도 했다. 그래도 말은 해줘야겠다. 너무 당연하지만 너에게는 불편했을 진실을.

"점원이 꼭 물건만 팔아야 할까? 모르는 것을 물어보면 알려주는 일은 점원이나 우리나 모든 사람들에게 똑같은 의무야. 너희도 낯선 외국인이 길을 물어보면 안 알려줄 거니?"

당연하다는 표정을 짓는 은준이에게 힘주어 말했다.

"아들, 모르는 건 제발 물어보자, 알겠지?"

직장에서도 잘 묻지 않고 일을 처리하다가 곤경에 처하는 경우가 종종 있다. 묻는 게 귀찮기도 하고, 이런 기본적인 걸 묻는다고 타박을 받을까 봐 묻기가 망설여지기 때문이다.

하지만 물어보는 일은 실수를 줄이고 나를 더 나아가게 한다고 아들에게 천천히 말해줬다. 대부분의 경우 질문을 받는 쪽도 남에게 도움을 주면서 보람을 느낀다. 인간에게는 남에게 도움을 주고 싶다는 기여욕구가 있고 그 욕구는 내가 쓸모 있는 사람이라고 느끼게 한다. 때때로 나는 나이가 많은 어르신들에게 일부러 조언을 구한다. 살아온 날들의 경험을 이야기하시는 동안, 잠깐이지만 어르신들의 눈빛이 빛나는 것을 볼 수 있기 때문이다.

여행에서 가장 좋았던 점 중 하나는 아이들과 작정하고 이런 이야기를 나눌 시간이 충분했다는 점이다. 평소였다면 설거지와 숙제를 미루고 아이들과 대화하기 위해 시간을 떼어놓기가 어려웠을 것이다. 일정에 쫓기지 않아도 되는 배거본딩은 우리에게 충분한 대화시간을 허락했다.

우리는 호주의 카페가 왜 3시면 문을 닫는지, 호주는 어떻게 영국의 식민지가 됐는지, 버스에서 장애인이 탈 때 사람들이 어떻게 배려하는지 등 평소 눈에 보이는 것들을 주제로 자유롭게 대화를 나눴다. 모르는 내용이 생기면 함께 검색해보기도 했다. 나는 호주 계란을 젤리처럼 탱글한 맛이 난다고 했고 아이들은 호주의 일몰을 솜사탕 같다고 했다. 작은 표현에도 감탄했고 사소한 주제에도 정성껏 대화를 나눴다.

아이들이 화를 내거나 짜증을 부릴 때는 그것을 정확한 말로 표현할 수 있도록 질문을 던지고 기다렸다.

"화만 내지 말고, 뭣 때문에 화가 났는지 설명해줄래? 그럼 엄마가 도와줄 수 있을 것 같은데!"

아이들은 자신이 놓인 상황을 엄마에게 설명하면서 자기도 모르게 문제를 객관적으로 바라보는 연습을 한다. 내가 그 설명을 듣고 "그래서 엄마가 어떻게 도와주면 좋겠니?"라고 물으면 스스로 해결방안까지 끄집어낸다. 이렇게 대화하면 아이들은 생각과 감정을 말로 정확히 옮기는 훈련을 하게 되고 문제해결의 실마리도 스스로 찾을 수 있다. 은준이가 동생들과 놀다가 갈등이 생기면 내가 했던 말을 그대로 따라하는 것을 보고 내심 뿌듯했던 적이 있다.

아이들이 더 자라도 내 이야기에 지금만큼 귀 기울여줄지 나는 잘 모르겠다. 다만 내 유년 시절을 거슬러 볼 때, 아이들의 태도를 결정짓는 '대화의 골든타임'이 얼마 남지 않았다는 것만은 확실히 알겠다.

우리의 겨울이 호주의 여름을 만나면

여행자에게 관대한 행운

_ 드뷔시의 〈아라베스크〉를 아시나요?

시드니대학에는 유명한 포토존이 있는데 영화 〈해리포터〉 속 호그와트를 연상시키는 웅장한 건물과 평화로운 정원을 배경으로 기념적인 사진을 남길 수 있다. 가는 날이 장날이라고, 마침 캠프를 마치고 들러 본 포토존 입구에 '공사 중 출입금지' 팻말이 세워져 있었다. 다음에 오자며 발길을 돌리려는데,

어디선가 피아노 연주 소리가 들렸다. 소리가 나는 2층으로 계단을 천천히 올라가니 어둡고 좁은 복도 구석에서 동양인으로 보이는 젊은 남자가 그랜드피아노를 연주하고 있고, 그 옆 벤치에는 머리가 길고 늘씬한 여자친구가 앉아 있었다. 좁은 공간을 타고 울리는 피아노 소리는 아름다웠다. 여기서는 젓가락 행진곡을 연주해도 근사할 것 같았다.

연주를 마친 그를 향해 우리는 지켜보다가 물개 박수를 보냈다. 뒤에서 누가 지켜보고 있는지 몰랐다는 듯 쑥스러워했다. 별다른 일정이 없는 우리는 "더 감상해도 될까요?"라고 물었다. 흔쾌히 괜찮다는

대답을 듣고 우리는 갑자기 청중 모드로 돌변해 다음 연주곡을 기다렸다. 피아노를 좋아하는 아이들도 잠자코 앉아 숨을 죽였다.

문득 지금 이 아름다운 울림으로 내가 가장 좋아하는 드뷔시의 〈아라베스크〉를 듣고 싶다는 충동이 일었다. 그 마음은 충동이라기보다는 바람에 가까웠다. 드뷔시의 피아노곡은 어렵기로 소문이 나 있기 때문이다. 다음 곡을 고민하는 그에게 물었다.

"혹시 드뷔시의 〈아라베스크〉를 칠 수 있나요?"

내가 너무 간절히 원했는지 온 우주가 내 바람에 귀를 기울여 마법 같은 일이 일어났다. 그가 나에게 "Yes!"라고 말하는 게 아닌가. 그는 피아노 위에서 드뷔시의 악보를 더듬었다. 분명 아까 피아니스트냐고 물었을 때 자신은 어렸을 때부터 취미로 피아노를 친 게 다라고 했다. 그런데 지금 그에게 모차르트나 베토벤이나 바흐도 아닌 드뷔시의 악보가 있다니. 그는 잠시 머릿속으로 악상을 떠올려 낸 뒤 천천히 도입부를 풀어냈다.

(〈Piano for sleepless Night〉 앨범에서 드뷔시의 '아라베스크'를 재생해 주시길. 이 앨범 속 아라베스크가 그날 내가 들은 연주의 울림에 가깝다.)

개인적인 견해지만 〈아라베스크〉는 도입부부터가 클라이맥스다. 담담히 시작하는 아르페지오가 내 심장을 깊숙이 파고든다. 오디오로만 들어왔던 곡을 실제로 연주하는 모습을 본 건 처음이었다. 어지러울 정도로 온몸이 전율했고 두근거리는 심장 소리가 내 귀에 들리는 듯 했다. 은준이는 크게 감동하는 내 얼굴을 신기해하며 '엄마 그렇게 좋아요?'라고 속삭였다.

우연히 들린 피아노 소리에 이끌려 올라왔는데, 가장 좋아하는 피아노곡을 직접 연주하는 모습을 보게 되다니. 여행의 묘미는 여기에 있다. 행운은 늘 여행자에게 관대하다.

연주가 끝나자, 나를 감동시킨 연주자는 오랜만에 쳐서 중간중간 실수가 있었다고 내게 양해를 구했다.

"아니에요, 충분해요! 제일 좋아하는 곡인데 직접 들을 수 있어서 제가 오늘 운이 좋은 거죠!"

드뷔시를 좋아한다고 하니 옆에 앉아 있던 여자친구가 일어나 〈달빛〉을 연주해주었다. 좋아하는 두 곡을 한자리에서 듣다니, 모든 게 기적 같았다. 커플이 자리를 뜬 이후 기회다 싶어 아이들에게도 피아노 연주를 시켜보았다. 은준이는 호주에 오기 전 콩쿠르에서 연주했던 〈디아벨리 소나티네〉를 자신 있게 연주했다. 이곳의 분위기는 아이들의 연주를 더욱 근사하게 만들어주었다. 계단을 내려오며 민하가 중얼거렸다.

"엄마, 진짜 신기하다~ 아까 그 곡은 엄마가 진짜 좋아하는 곡이잖아. 실제로 들으니까 더 좋다~."

시드니대학의 포토존에서 가족사진은 건지지 못했지만, 호주가 나를 위해 곳곳에 준비해 둔 보물을 찾은 하루였다. 아직도 어디선가 나를 기다리고 있을 보물을 기대하는 마음으로 하버브리지의 일몰을 보기 위해 서큘러키로 향했다.

QVB 애프터눈 티

_ 애프터눈 티를 혼자 먹을 순 없잖아요

아이들을 스포츠 캠프에 보내고 특별한 만남을 떠올리며 가벼운 발걸음으로 QVB를 향해 걸었다.

"어머, 집이 정말 깔끔하고 아이들과 지내기 딱이네요!"

J네 가족의 새로운 보금자리에 초대를 받았다. 놀이터와 수영장을 품고 있는 아파트는 아이들과 지내기에 부족함이 없어 보였다.

"감사합니다. 그런데 오늘 또 초대한 분들이 있어요. 괜찮다면 함께 어울려도 될까요?"

"아, 그래요? 네, 저희는 좋아요."

J의 아버님은 오늘 우리 말고 또 초대한 사람이 있다며 양해를 구했다. 벨이 울리고 은준이보다 어려보이는 두 명의 남자아이와 젊은 부부가 들어왔다. 시드니대학 캠프에서 만난 아이들의 부모님이라고 소개하며 J의 아버님은 신기하다는 표정으로 말했다.

"알고 보니 이분들이 어머님과 같은 숙소에 묵고 계시더라고요. 게

다가 비슷한 시기에 골드코스트에 가는 일정인 것 같던데요? 숙소와 일정이 비슷하니 같이 어울리시면 좋을 것 같아 제가 실례를 무릅쓰고 초대했습니다."

세심하게 우리를 배려하신 J의 아버님께 진심으로 감사드리며, 7살, 9살 아들을 둔 상상이네* 엄마와 아이들을 데리고 수영장으로 내려갔다. (*편의상 아이들 이름의 앞 글자를 따 상상이네라고 부르기로 한다.) 우리는 물놀이에 신난 아이들을 지켜보며 대화의 물꼬를 텄다.

"아이 둘을 데리고 혼자 오시다니, 정말 대단하시네요. 어디서 오셨어요?"

"아, 저는 전라도 광주에서 왔어요. 그쪽은요?"

"어머! 저희 친정이랑 시댁도 전라도 광주인데요? 저희는 수원에 살아요! 정말 반갑네요!"

"아 정말요? 그럼 대학도 광주에서 나오신 거예요?"

아차, 너무 자세한 걸 물었나 잠시 후회했지만 이쯤 되면 어쩐지 학연, 지연, 혈연 중 뭐라도 하나 나올 것 같았다. 여차하면 부모님 사시는 동네까지 물을 기세였다. 내 예감은 적중했다. 그녀는 학과는 다르지만 대학 후배였던 것이다.

일주일 전 J네 집들이에서 만나 급속도로 가까워진 '알고 보니 대학 후배' 지윤과 밤맥주를 마시다가 즉흥적으로 약속이 만들어졌다.

"내가 QVB를 아이들과 걷고 있는데 애프터눈 티를 마시는 여자들이 보이니 부럽더라고요."라고 말하는 나에게,

"언니, 그럼 같이 가요!"라고 하더니 QVB Tea Room 애프터눈 티를 예약한 것이다. 오, 주여!

오전 10시, 예약 시간에 맞춰 입장했다. 고급스럽고 휘황찬란한 샹들리에가 천장에 걸려 있었다. 무거운 회색과 남색, 벽돌색으로 이루어진 공간이 주는 느낌은 압도적이었다. 우리는 창가에 자리를 잡고 앉았다. 친절한 동양인 웨이트리스는 차분하고 부드러운 영어 발음으로 주문을 받았다.

이용 시간은 두 시간으로 정해져 있고 차와 커피 중 음료를 선택할 수 있지만 커피 리필은 어렵다고 했다. 대신 차를 선택하면 따뜻한 물은 얼마든지 더 줄 수 있다고 했다. 한 잔의 커피로 두 시간을 버틸 자신은 없어 여러 번 우려 마실 수 있는 차를 선택했다.

웨이트리스의 추천으로 달콤한 캐러멜 향과 과일 향이 배합된 차가 내어졌다. 영국 빈티지 찻잔으로 유명한 로열 알버트 찻잔 세트와 디저트 접시를 보니 기분이 좋아졌다. 이윽고 형형색색의 3단 디저트와 향긋한 스콘이 흰색 테이블보 위를 가득 채웠다.

바라만 봐도 입에서 침이 고이는 달콤한 초콜릿, 푹신한 빵 위에 곁들여진 생크림과 딸기, 치즈케이크, 미트파이, 샌드위치와 연어카나페 등은 두 시간 동안 천천히 음미하기에 충분한 양이었다. 이걸 다먹고도 내가 무사할까 싶었다. 조각낸 음식의 맛을 하나씩 음미하는 쾌락에 호사스러웠다. 어떤 재료로 어떻게 만들었나 찬찬히 살피기도하고, 각자가 먹었던 특별한 디저트 경험을 풀어내기도 했다. 차와 디저트로 배가 잔뜩 부른 나는 다정하게 말했다.

"꼭 와보고 싶었는데, 같이 올 친구가 생겨 너무 감사하네요. 지윤씨는 참 좋은 사람 같아요. 아이들도 이모가 좋대요."
"아… 제가 더 감사한 걸요. 저는 잘 모르겠지만 제 주위에는 정말좋은 분들이 많아요. 주위에서도 제가 인복이 많대요."
아름다운 숙소의 야경을 함께 감탄할 맥주메이트가 생겨 기뻤다. 친구 없이 혼자 지내다 보니 가끔은 같이 놀 사람이 생각난 나도 어쩔수 없는 사회적 동물이었다. 네 번이나 밤맥주를 함께한 사이가 되고보니 만날수록 좋은 사람이라고 느껴진 것이다. 함께일 때는 아이들을 나보다 더 잘 챙겨줬다.

인복이 많다는 건 그만큼 당신이 좋은 사람이라서 그렇다고 말해줬다. 좋은 사람 옆에 있으면 그 사람에게 물들면서 내가 더 나은 사람이 되고 싶어지기 때문이다. 이후로도 지윤은 아침에는 산책메이트로, 밤에는 맥주메이트로, 내가 더 좋은 언니가 되고 싶게 만들었다.

점심때가 가까워지니 가족 단위로 찾아온 손님들이 자리를 가득 메웠다. 아이들이 앉은 테이블도 심심찮게 보였다. 점잖게 앉아 디저트를 즐기는 삼대(三代)의 모습은 감동적이었다. 휴대폰을 세워둔 채 유튜브를 시청하는 아이는 어디에도 없었다. 테이블을 어지럽히거나 큰소리를 내는 아이도 없었다. 그저 테이블 위에 놓인 음식을 천천히 먹고 대화하는 모습만 보였다. 아이들과 함께 이곳에 있는 모습을 상상해봤다. 언젠가는 우리 딸이 유튜브를 포기하고 나와 고급스러운 레스토랑에서 애프터눈 티를 함께해주기를 마음속으로 기도했다.

약속한 두 시간이 거의 다 되어 나갈 채비를 했다.
"여기서 우리가 꿈을 꾼 걸까요?"
얼마나 좋았으면 내 입에서 이런 말이 튀어나왔을까. 내 질문에 답하는 대신 지윤은 환한 미소를 지었다.

긴 여행에서 좋은 인연을 만나게 해달라고 간절히 바랐다. 한 사람을 알게 된다는 것은 그 사람의 역사를 비롯한 우주가 함께 딸려오는 일이다. 특히 여행지에서 만난 인연은 평범한 일상을 벗어날 용기를 지닌 사람일 확률이 높다. 그들의 삶을 이해하는 일은 살아 있는 책 한 권을 읽는 일처럼 내 인식의 한계를 넓힌다. 현지인을 만나 영화 같은 만남을 이어가는 상상도 해봤고 나 같은 처지의 사람을 만나 여행의 즐거움을 함께 누릴 수 있기를 바랐다. 내가 호주에 오기로 마음먹은 일이 가볍지 않았듯 지윤의 여행도 생의 전환점을 앞둔 도움닫기였다. 우리는 이 책의 제목이 될 뻔한 명랑한 호주 여행자들이었고 여행을 마칠 때까지 서로에게 큰 힘이 되었다고 한다.

우리의 겨울이 호주의 여름을 만나면

솜사탕 향기가 나는 디스코 나이트

_ 아이들에게 어떤 태도를 물려줄까

꿈같은 시드니에서 마지막으로 보내는 금요일, J네 가족과 특별한 곳에서 만나기로 했다. 지하철 환승을 포함해 무려 50분이나 걸려 도착한 시드니의 핫 플레이스는 바로 맥쿼리 아이스링크장이다.

맥쿼리 아이스링크장에서는 매주 금요일 'Friday Disco Night'이라는 파티가 열린다. 디스코 나이트라는 단어만 들어도 어깨가 들썩이고 흥분되지 않는가. 오후 8시 30분부터 10시 30분까지 신나는 음악과 조명 아래 마음껏 스케이팅을 즐길 수 있다. 핼러윈처럼 특별한 날에는 이벤트도 열린다고 하니 스케이트를 탈 줄 안다면 꼭 방문해보길 추천한다.

은준이는 일곱 살 때부터 아이스하키를 배웠으니 스케이팅 실력은 말할 것도 없고, J의 자매들도 한국에서 취미로 스피드 스케이팅을 배웠다고 했다. 어린이 모두가 스케이트를 잘 타는데 단 한 명, 민하만 스케이트 경험이 전혀 없다. 엑스맨이 될 것 같아 불안해하는 내게 J의 부모님은 "배우면 금방 탈 거예요!"라며 걱정 말라고 손사래 쳤다.

신나는 음악에 맞춰 춤추듯 스케이트를 타는 아이스링크장은 한국의 어디에서도 본 적이 없다. 어떤 사람들은 진짜 춤을 췄고, 아마추어 선수로 보이는 사람들은 점프와 피겨를 뽐냈다. 어둠 속에서 현란한 빛과 달콤한 솜사탕 향기가 뿜어져 나왔다. 데이트를 즐기는 연인, 친구들과 불금을 즐기러 온 젊은이들로 인산인해를 이뤘다. 나도 덩달아 어깨가 들썩였다. 이윽고 J네 자매들과 함께 사라졌던 민하가 링크장 한 바퀴를 돌아 뒤뚱뒤뚱 걸어오는 게 보였다.

J네 자매들이 너나 할 것 없이 힘을 합쳐 민하를 부축했다. 넘어지거나 포기할까 봐 조금만 걸어도 잘한다고 격려하는 게 멀리서도 보였다. 덕분에 한 번도 넘어지지 않고 한 바퀴를 돌아온 것이다. 스케이트 좀 탄다는 제 오빠도 저 타기에만 급급했는데 오히려 이 자매들은 민하의 스케이팅을 돕는 데에만 혈안이 된 것 같았다. 나는 약간 민망해졌다.

"어떡하죠? 아이들이 민하가 스케이트 타는 것 도와주느라 제대로 즐기지 못하는 것 같은데요?"

"괜찮아요, 우리 애들은 가르쳐주는 게 더 재밌나 봐요. 원래 저렇게 남 챙기는 걸 좋아해요."

아이들이 스케이트를 실컷 타지 못해도 활짝 웃으며 괜찮다고 말씀하시는 걸 보며 마음에 잔잔한 파도가 일었다. 나 같았으면 한 명씩 교대로 알려주고 탈 사람은 타라고 적당히 말했을 것이다. 여럿이 붙어 한 명의 스케이팅을 돕는 것은 여러모로 좋을 게 없지 않은가. 그럼에도 J의 부모님은 용케 한 바퀴를 완주한 민하에게 엄지척과 진심 어린 박수갈채를 보내고 계셨다.

'이런 게 산 교육일까?'

아이들은 대부분 이기적이다. 눈앞의 즐거움을 미루지 못하고 자기만 챙기기 급급하다. 공동체 안에서 사회화가 되면서 자연스럽게 타인을 배려하고 눈치를 챙기는 어른이 된다. 알파세대는 과거와는 달리 부모의 관심과 도움을 극진히 받고 자란 세대다. 배려받는 것을 당연하게 여기고, 협업을 할 때 균형을 맞추기 어렵다.

대학에서 신입생 튜터링을 지도할 때의 일이다. 스터디 시간이 안 맞아 튜터링을 중간에 포기하는 학생들에게 '시간을 좀 맞춰보지 그러니?'라고 물었다가 '싫은데요. 제가 왜요?'라는 답을 들어 어안이 벙벙했던 적이 있다. 또 학기가 끝나도록 수강신청을 못해 필수과목을 못 들은 학생은 '학생이 필수과목 신청을 못 했으면 학교가 챙겼어야 하는 것 아닌가요?'라고 따지는 학생도 있었다.

후배나 동기들을 잘 챙기고, 어떤 일이든지 적극적으로 참여하는 학생을 보면 '저 아이의 부모님은 어떤 분들이실까?' 궁금해진다. 자식을 키우고 보니, 성인이 되기 전까지 아이들의 태도는 부모에게 물려받은 것임을 확실히 알겠다. 분명 J네 자매들은 배려와 공감을 부모로부터 넉넉히 받았기 때문에 민하를 돕는 데 그토록 적극적이었던 게 아닐까. 나도 J의 부모님을 만날 때마다 '내가 배려받고 있구나.'라는 느낌을 자주 받았는데 그것과 무관하지 않을 것이다.

배려는 공감에서 비롯된다. 상대방이 필요로 하는 것을 내가 어떻게 채워줄 수 있을지에 대한 고민으로 시작하기 때문이다. 공감 능력은 AI가 지배할 미래에 인간이 마지막까지 지켜야 할 자존심이기도 하다. 학원에서 가르치지 않는 배려는 가정에서 부모로부터 배우며 자라야 한다. 거기에 아이들의 미래가 달렸다 해도 과언이 아니다.

쉬는 시간, 힘들어서 그만타고 싶다는 딸에게 J네 자매들은 '처음엔 원래 무서운데 타다 보면 재밌어.'라며 끝까지 격려의 끈을 놓지 않았다. 그 모습을 지켜보는 J의 부모님도 흐뭇한 표정을 지으며 음악에 맞춰 어깨를 들썩였다. 서너 바퀴를 돌고 나서야 민하는 언니들의 도움 없이도 스케이트를 탈 수 있게 됐지만 언니들은 여전히 딸의 앞뒤를 엄호하며 스케이팅을 즐겼다.

나는 아이들에게 어떤 태도를 물려줄 것인가.

우리의 겨울이 호주의 여름을 만나면

아이들이 즐거운
골드코스트

남반구를 강타한 보이스 피싱

_ 오늘이 무탈함에 감사하며 잠들자

갑자기 쏟아진 폭우로 오도 가도 못하게 된 우리는 오랜만에 숙소에 갇혀 빈둥거렸다.

'우리 숙소 지하 울월스에서 30불 넘게 쓰면 영수증에 무료 커피 쿠폰 주는 거 알아요?'

다음 주면 우리와 같은 숙소로 옮기는 지윤에게 이 기쁜 소식을 메시지로 알렸다. 끼니 때마다 장을 본 덕에 내게는 벌써 두 개의 커피 쿠폰이 생겼다. 하나는 어제 아침 사용했고 남은 하나는 노란 지갑에 고이 모셔뒀다.

노란 지갑을 떠올린 순간, 불길한 예감이 스쳤다.

빈둥대던 소파에서 벌떡 일어나 있을 만한 곳을 뒤졌지만 지갑은 어디에도 보이지 않았다. 불길한 예감은 왜 틀린 적이 없나. 잔뜩 찌푸린 미간과 이마에는 식은땀이 나기 시작했다.

"아… 어떡해… 지갑을 잃어버린 것 같아…."

엄마의 표정을 보니 뭔가 큰일이 난 것 같았는지 걱정스러운 눈으로 나를 바라보는 아이들. 자기가 찾아보겠다며 탐정 행세를 했지만 손바닥만한 숙소를 뒤진다 한들 지갑이 나올 리 없었다. 지갑 속에 든 것들을 빠르게 떠올렸다.

1. 약간의 현금, 100불 미만이니 잊어버리자.

2. 무료 커피 쿠폰, 없어도 그만이다.

3. 신분증, 한국에 가서 재발급받으면 된다.

4. 신용카드, 분실신고를 하면 된다.

5. 유심: …?

일단 신용카드 어플에서 '분실신고' 키워드를 검색하니 신속하게 신고 절차로 넘어갔다. 생각보다 간단했던 분실신고 절차의 마지막 단계에서 내 눈알이 튀어나올 뻔했다.

최근에 결제한 아래의 금액이 고객님이 결제한 것이 맞습니까?

1,773,999원 TILL MS SOUTHPORT FD

별안간 비명이 터져 나왔다. 'TILL MS SOUTHPORT FD'는 어디일까, 누가 벌써 내 카드를 훔쳐 쓴 거야? 얼굴이 화끈거리고 가슴이 두근거려 피가 거꾸로 솟았다.

결제 시각을 확인해보니 결제일은 어제였다. 그제야 어제 골드코스트의 새로운 숙소에 체크인하면서 2주치 숙박비를 결제한 일을 떠올려내고 안도의 한숨을 쉬었다.

마지막으로 유심의 분실이 나에게 어떤 영향을 미칠 수 있는지 생각해봤다. 지금은 호주 현지 전화번호와 데이터 사용을 위해 '옵터스(Optus)' 유심을 꽂은 상태다. 그렇기 때문에 한국의 전화번호로는 수, 발신이 불가능하다. 유심을 도난당하면 누군가 내 번호로 전화를 걸 수도 있는 걸까?

불현듯 오늘 낮에 있었던 일이 번개처럼 떠올랐다.

"카톡, 카톡"

엄마가 내게 음성메시지를 보냈다. 바다 위에 떠 있는 에어바운스 놀이기구인 GC Aqua Park에서 놀고 나온 아이들을 픽업해 숙소로 돌아가는 길이었다. 메시지의 재생 버튼을 누르니 흐느끼는 여자의 음성과 엄마의 목소리가 교차하며 들려왔다.

"흑…엄마… 나 여기 갇혀 있어… 흑흑."

"어디야, 너 지금 어디야? 응?"

대충 들어보니 음성메시지 속 여자는 아는 언니에게 돈을 빌렸고 그 돈을 못 갚아서 어딘지 모르는 창고로 끌려온 상황이다. 엄마는 내 이름을 자꾸 외치며 어디냐고만 묻다가 내게 다시 전화를 걸 심산으로 중간에 전화를 끊었다. 통화 내용을 전부 녹음하는 별스러운 엄마가 이 메시지를 내게 보낸 것이다. 엄마에게 음성메시지 속 여자는 나였다.

어이가 없었다. 보이스 피싱의 끝은 대체 어디까지인가. 처음엔 평범한 여자의 흐느낌이 나라고 착각할 만했겠으나, 뒤로 갈수록 발음이 꼬이는 것이, 영락없는 중국인이었다. 즉시 엄마에게 전화를 걸었다.

"보이스 피싱이네 엄마, 그래도 그렇지, 딸 목소리도 몰라?"

일단 속지 않은 엄마에게 잘했다고 칭찬을 했다. 아빠에게도 연락해서 보이스 피싱을 조심하라고 당부했다. 기회다 싶어 아이들에게도 음성메시지를 들려주면서 보이스 피싱의 위험성을 설명했다.

"진짜 같지? 보이스 피싱 범죄자들은 자식을 걱정하는 어른들을 이렇게 속인단다. 참 나쁜 사람들이야. 그치?"

'근데 참 희한하게도 네 번호로 전화가 걸려왔어. 그러니 너인 줄 알았지.'

가볍게 흘려들었던 엄마의 말이 그제야 생각났다. 엄마는 분명 한국의 내 번호로 전화가 걸려왔다고 했지? 이게 잃어버린 유심과 관계가 있을까?

만약 내가 노란 지갑을 잃어버렸다면 어디에서였을까? 아침에 놀이기구 입장료를 노란 지갑에서 꺼내어 현금으로 지불했다. 그때까지는 분명 지갑이 있었고, 지갑이 든 에코백을 작은 테이블에 올려놓은 채로 아이들이 노는 모습을 사진 찍기 위해 자리를 비웠던 게 생각났다. 그때 '설마 누가 가져가겠어?'라는 생각이 스쳤지만 가볍게 무시했었다. 다시 자리로 돌아왔을 때 가방은 그대로 있었다.

나는 가능한 시나리오를 떠올려냈다.

1. 테이블 위에서 누군가 내 지갑만 훔쳤다.
2. 지갑 속 유심을 공기계에 꽂는다.
3. 연락처에서 '울엄마'에게 전화를 걸어 돈을 요구한다.
4. 내 유심으로 각종 인증을 거친 뒤 신용 범죄를 저지른다.

이런 시나리오가 가능할까. 한국의 통신사 서비스센터에 급히 전화를 걸었다. 해외에서 유심을 분실했는데, 이 유심을 이용한 통화 내역을 조회할 수 있는지 물어보았다. 상담원은 해외에서는 조회가 불가능하다고 했다. 절망하는 나에게 일단 서둘러 유심을 정지해주겠다며 원한다면 통신사 서비스도 일시정지를 해주겠다고 했다.

4번의 시나리오는 최악이다. 내 유심을 꽂고 보이스 피싱을 시도한 치밀함이라면 가능하지 않을까. 상담원도 확신할 수 없지만 아주 불가능한 일은 아닐 거라고 했다. 한 순간의 실수로 평화롭던 내 호주여행이 송두리째 무너질 위기에 처했다. 상황이 악화되지 않도록 서둘러야 했다.

앞이 안 보일 만큼 많은 비가 쏟아지고 있었다. 지갑의 행적을 찾기 위해 아이들을 스마트기기에 잠시 맡기고 서둘러 나왔다. 아침에 갔던 GC Aqua Park에 전화를 걸어보았지만 이미 운영시간이 지난 뒤라 응답이 없었다. 만에 하나 지갑을 실수로 떨어뜨렸다면 모래밭 어딘가에 그 지갑이 처박혀 있을지 모른다. 로비에서는 빌려줄 우산이 없다고 해서 맨몸으로 빗속을 뛰었다. 한가롭게 산책하던 그 길을 다급하게 뛰고 있는 나 자신이 애처로웠다. 비인지 눈물인지 모를 것이 볼을 타고 흘러내렸다.

장대처럼 쏟아지던 비가 어느새 그쳤다. 눈앞에 GC Aqua Park가 보였다. 야외 데스크 셔터는 모두 내려가 있고 해질 무렵이라 해변은 어둡고 축축했다. 처박혀 있을지 모르는 지갑을 살피려고 모래 주변을 맴돌았다. 그때였다.

어디선가 인기척이 들렸다. 사무실에서 한 남자가 나왔다. 장대비를 피해 조금 늦은 퇴근을 하는 모양이었다. 사람이 한 명도 없을 줄 알았는데 반가운 마음에 그 직원을 향해 큰 소리로 외쳤다.

"Excuse me, I lost my wallet here."

비를 쫄딱 맞은 동양인 여자가 갑자기 나타나 무작정 지갑을 잃어버렸다고 울먹인다. 내 말을 들은 직원은 눈을 크게 뜨고 대답했다.

"Yellow one?"

살면서 '옐로우'라는 단어가 이렇게나 또렷이 들린 적이 있었던가. 설마 오늘 노란색 지갑을 여기에 두고 온 정신 나간 사람이 나 말고 또 없겠지. 나는 큰 소리로 "YES!"를 외쳤다.

직원은 잠깐 기다리라는 눈치를 주고 사무실 안으로 들어갔다가 나왔다. 그의 손에는 나의 노란색 지갑이 들려 있었다.

갑자기 해가 다시 뜨는 듯 세상이 밝아졌다. 1%의 가능성으로 달려왔는데 설마 여기에 있었다니! 잃어버린 줄만 알았던 그 지갑을 꺼내오는 남자를 보며 행복에 찬 목소리로 말했다.

"I am so lucky. Thank you ssso much!"

"Yes you are. All good?"

영어로 표현할 수 있는 극강의 기쁨과 감사가 고작 'lucky'와 'Thank'뿐이라 안타까웠다. 일과를 마치고 유유히 사라지는 남자의 뒷모습을 바라보며, 노란색 지갑을 가슴에 끌어안은 채로 한참을 그렇게 서 있었다. 지갑 속 모든 것이 그대로였다. 유심도 안전했다. 범죄의 도구로 사용되고 다시 지갑에 넣어졌을지도 모르는 시나리오가 떠오른 찰나,

"엄마 괜찮아?"

은준이에게 메시지가 왔다. 아이들을 두고 왔다는 사실을 깜빡했다. 만약을 대비해 한국에서 공기계에 카카오톡을 설치해 가지고 왔다. 사색이 다 돼 나간 엄마가 한참이 되어도 돌아오지 않자 처음으로 나에게 메시지를 보낸 것이다. 지갑보다 나의 안부를 묻는 아들은 낯선 이곳에서 나를 걱정하는 유일한 존재였다.

아침에 Aqua Park에서도 은준이는 물을 무서워하는 엄마를 대신하여 민하의 보호자로 입장했다. 노는 내내 민하는 오빠 옆에 껌딱지처럼 붙어 온갖 시중을 들게 했다. 스릴 있는 기구도 민하에게 위험하니 제외하고, 낯선 이들과 친해져 어울려 놀기도 포기하고, 오로지 동생과 안전하게 노는 데에만 집중했을 것이다.

낯선 스포츠 캠프에서도 은준이는 동생의 유일한 버팀목이었다. 엄마가 신호등 앞에서 스마트폰 속 지도만 뚫어져라 쳐다볼 때도, 여기저기 사진 찍느라 정신이 팔려 있을 때도, 남편 없는 호주에서 두 달간 우리가 안전했던 건 세심하게 나와 민하를 살피는 은준이가 있었기 때문이다. 지갑을 찾았다는 안도가 아들을 향한 고마움과 뒤섞여 울컥해졌다.

맛있는 저녁을 해줘야겠다고 마음먹고 마트에서 산 치킨라비올리는 인기가 없었다. 산더미처럼 쌓인 파스타를 눈앞에서 치워버리고

라면을 꺼냈다. 한우를 들이밀지 않는 이상 아이들에게 최고의 식사
는 라면일 것이다. 아웅다웅 면치기를 경쟁하며 깔깔대는 모습을 뒤
로하고 축축하게 젖은 발코니로 나왔다. 비가 언제 왔냐는 듯 짙게 갠
하늘을 물끄러미 바라보며 중얼거렸다.

'아까 지갑을 못 찾았으면 내가 지금 제정신이 아닐 텐데.'

당신이 없어도 괜찮다는 거짓말

_ 혼자서 아이 둘과 여행을 한다는 건

"엄마… 산책가자."

시계를 보니 am 3:45이다. 민하는 새벽에 5번쯤 나를 깨웠다. 어젯밤 오빠가 〈13일의 금요일〉이라는, 저도 안 본 무서운 영화를 들먹였던 게 화근이었다. 무서운 생각들이 자꾸 떠올랐는지 잠들기 전부터 뒤척였다. 보지도 않은 영화 이야기를 들은 것만으로 잠들지 못하는 순수한 영혼이 가여웠다. 작고 마른 배를 쓰다듬고 달래 재웠지만 민하는 결국 새벽 다섯 시 반에 일어났다. 해가 떠버렸기 때문이다.

"엄마 내일 산책 안 나가면 안 돼? 나 너무 무서워."

민하가 이렇게 말한 건 처음이었다. 보통은 아침에 눈을 떴는데 엄마가 없으면 산책 갔나 보다 하고 다시 잠들기도 하지만, 어젯밤 그 기다림이 조금 싫고 무섭다고 했다. "산책 갔다가 빨리 오면 안 돼?" 했더니 그건 싫다고 고개를 저었다. "그럼 같이 갈까?" 했더니 한참 뒤에 차라리 그러자고 했다. '한참 뒤' 답을 한 이유를 아침이 되어서야 알았다. 아침 일찍 일어나야 되는 날엔 잠을 설치는 것은 나를 닮았다.

민하의 손에 이끌려 나선 산책길은 이전과는 조금 달랐다. 얘가 왜 이러지? 싶을 만큼 수다스럽다.

"엄마, 어디서 불꽃놀이 소리가 들려!"

자동차가 도로의 요철을 넘을 때 나는 시끄러운 소리다. 나중에 내가 할머니가 되면 자기랑 같이 살 집은 아파트가 좋을지 주택이 좋을지, 페인트 색깔은 뭐가 좋을지 등 생각지도 못한 말들을 쫑알쫑알 쏟아냈다.

나는 주택에서 살고 싶다고 했다. 아파트에서는 충분히 살았으니 주택에서 텃밭도 가꾸고 발코니에서 차도 마시자고 했다. 페인트 색깔은 민트색과 분홍색이 좋다고 하니 민하도 동의했다. 따가운 햇볕을 가려준 고마운 구름 덕분에 어렵지 않게 내가 좋아하는 브런치 가게 앞에 도착했다.

민하가 원하는 자리에 앉아 뭐가 먹고 싶은지 물었다. 잘 모르겠다며 고개를 젓는 민하를 위해, 소시지와 계란을 곁들인 토스트, 베이비치노를 주문했다. 소시지와 계란만 곁들인 토스트는 메뉴에 없지만 아이를 위해 따로 만들어줄 수 있다는 카페의 유연함이 마음에 들었다. 우유거품에 코코아가루를 뿌린 베이비치노는 민하의 입맛을 만족시키지 못했다. 나를 위한 콥샐러드는 양이 상당히 많아 금방 배가 불렀다.

우리의 겨울이 호주의 여름을 만나면

오늘따라 강아지와 산책 나온 손님들이 제법 보였다. 소시지와 토스트를 쩝쩝거리던 민하는 자기 뒤에 앉은 큰 개를 손가락으로 가리키며 물었다.

"엄마, 나는 강아지야 사람이야?"

"강아지야."

나는 싱싱한 아보카도를 베이컨에 얹으며 막힘없이 대답했다. 아직은 엄마 눈에 자기가 강아지라는 사실을 수긍한다는 듯 제 옆의 개와 교감을 시도했다. 강아지를 키우자고 조르는 민하에게 귀에 박히도록 했던 말, "엄마는 이미 강아지를 두 마리나 키우고 있어서 안 돼." 그 말이 생각났던 모양이다.

어린 것이 먼 곳까지 엄마를 따라와 고생이다. 어제 넘어져 멍든 다리가 아플까 봐 걱정이 됐지만 민하는 괜찮다고 했다. 일어나자마자 했던 가래 기침도 잦아들었다. 걷기앱을 보니 3km쯤 걸었다. 평소보다는 더 적게 걸었지만 특별한 산책메이트 덕분에 느껴본 적 없는 설렘이 있었다. 앞으로 가끔씩은 민하와 산책하고 브런치를 하는 것도 좋겠다. 숙소 문을 열자마자 배가 아프다고 화장실로 향하는 작은 꼬마와의 아침 산책으로 하루를 시작했다.

다음 날. 아침에 나보다 먼저 일어난 녀석이 산책가자며 나를 깨웠다. 시계를 보니 6시다. 혼자 나설 때보다 몸이 더 무거운 건 어젯밤 잠을 미뤄 마신 맥주 탓만은 아니겠지.

어제와는 달리 공원을 향해 걸었다. 해변 옆으로 길게 뻗은 산책로 옆에는 놀이터가 있다. 이 놀이터에는 아주 어린아이도 탈 수 있는 팬 티기저귀 모양의 그네가 있다. 갑자기 호기심이 발동했는지 민하가 그걸 타보고 싶다고 했다. '아가들이 타는 거야.'라고 거절했지만 자꾸 졸랐다. 하는 수 없이 키도 몸도 상당히 자란 녀석을 그네에 끼우기 위해 들어 안았다.

민하의 다리를 높은 그네 구멍까지 들어 올리는 게 쉽지 않았다. 마 트에서 아이들을 카트에 태울 때와 비슷한 노력인데, 둘 다 안간힘을 써서 겨우 오른쪽 다리는 끼워 넣었다. 안간힘을 써가면서까지 탈 그 네인가 싶어 후회가 밀려왔다. 그제야 반대쪽 다리를 나머지 구멍에 끼우는 건 다리 길이와 각도상 불가능해 보였다.

"아무래도 안 되겠다. 네가 탈 수 있는 그네가 아니야."

민하도 이건 아니라고 판단했는지 결국 그네에서 내려오기로 나와 합의를 보았다. 너무 늦게 내린 결정이었을까. 그네에서 내려오려면 오른쪽 다리를 다시 구멍에서 꺼내야 하고, 그러려면 민하를 꽤 높이 들어 올려야 하는데 내 힘으론 역부족이었다.

깊은 한숨을 내쉬며 이깟 그네에 끼인 어린이 다리 하나를 못 꺼내는 나약한 어른이를 원망했다. 겨드랑이를 잡고 수차례 들어 올렸지만 소용이 없었다. 아침 공복의 기운은 바닥을 쳤고 기진맥진해졌다. 불편해하던 민하는 결국 고통을 호소하며 울기 시작했다. 등에 식은 땀이 흘러내렸다. 평화로운 아침 산책 시간, 날벼락이 따로 없었다.

그때였다. 저만치서 카트 한 대가 다가왔다. 유니폼을 입은 남자가 카트를 멈추고 우리에게 터벅터벅 걸어오더니 도움이 필요하냐고 물었다. 우리는 건장한 남자의 힘이 필요했다.

민하를 꺼내기 힘든 건 덩치가 꽤 큰 그도 마찬가지였다. 괜찮을 테니 조금만 참으라고, 우는 민하를 달랬다. 내가 아이의 몸을 잡고 그가 지지대를 꺾었다. 수차례 지지대와 몸통의 밀당을 거듭한 끝에 '툭' 하고 가까스로 다리가 빠져나왔다. 얼마나 아팠을까. 그래도 이제 우리 살았다.

"You saved us!"

감사하다고 몇 번이나 인사했는지 모른다. 시키지 않았지만 수줍어하는 민하의 입에서도 "Thank you."가 흘러나왔다. 힘들어하는 아이를 끌어안고 멀어지는 생명의 은인을 한참 동안 바라보았다. 땀이 식으며 한기가 느껴졌다.

"이제 우리도 가자."

"엄마, 나 앞으로 저 그네 쳐다도 안 볼 거야!"

우리의 겨울이 호주의 여름을 만나면

그가 나타나지 않았다면 이른 아침, 인적도 드문 놀이터에서 그네와 얼마나 오랜 씨름을 해야 했을까. 생각만 해도 아찔하다.

혼자서 아이와 여행을 한다는 건 이런 이유로 쉽지 않다고 하는구나. 남편 없이 혼자서도 잘해낼 수 있다고 자신만만했었다. 마트의 무거운 짐을 이고 지고 갈 때도, 끔찍한 롤러코스터에서도, 나는 영혼을 내던지고 남편을 대신했다. 남편이 있었다면 별일도 아닌데 없어서 난처했던 순간들을 애써 외면해왔다.

솔직히 평소에 나는 김치에 계란프라이로 저녁을 간단히 때우고 싶다가도, 남편이 있으면 김치찌개나 계란말이라도 신경 써 만들었다. 아이들에게 실컷 놀 자유를 주려다가도, 남편이 있을 때는 "숙제 다 하고 노는 거지?"라고 물으며 눈치를 슬슬 보곤 했다.

"한참 클 때인데 반찬이 너무 소탈한 것 아냐?"

"어릴 때 공부하는 습관을 잘 들여야지."

이런 잔소리들을 들을 것 같아서, 내가 부족한 엄마인 게 들통 날까 봐, 눈치를 봤던 것이다.

나 혼자 아이 둘을 데리고 왔으니 눈치 볼 사람이 없어 좋았다. 내가 피곤할 때, 맛은 1등이지만 건강엔 별로인 라면도 먹었고, 아이들의 늦잠에도 관대했으며, 서로의 정신 건강을 해치지 않기 위해 학습지와 숙제로부터 아이들을 해방시켰다. 그런 나를 본다면 남편은 뭐라고 말할지 안 봐도 훤했다.

이제 일주일 뒤면 우리가 있는 골드코스트로 남편이 온다. 그러면 나는 쫑알쫑알 소란했던 오늘 아침의 이야기를 쏟아내야지. 그네에 민하 다리가 끼었는데 꺼내지 못해서 속상했다고. 롤러코스터를 타면서 너무 무서웠다고. 그때 당신이 너무 보고 싶었다고.

곧 남편을 만나 제법 눈치를 보게 생겼지만, 오늘 아침을 생각하니 그리운 마음이 따뜻하다 못해 끓어오를 지경이다.

우리의 겨울이 호주의 여름을 만나면

우리가 호주에서 만날 확률

_ 예상치 못한 순간에 필요가 채워지는 기적

눈을 떴을 때 낯선 곳이었다. 커튼 사이의 가는 빛이 동이 트고 있음을 말해줬다. 숙면했는지 몸이 가벼웠다. 잠자리가 바뀌어도 잘 자는 기특한 아이들을 쓰다듬었다. 손끝으로 커튼을 살짝 걷어냈을 때 놀라운 광경이 눈앞에 펼쳐졌다.

브로드비치 해변의 일출이군. 나이스 타이밍. 바다 위로 떠오르는 해를 정면으로 마주하게 될 줄이야. 해가 뜨기 전부터 요가와 서핑을 즐기는 사람들이 믿기지 않았다. 휴대폰 시계는 새벽 5시 50분을 가리키고 있었다.

"엄마, 우리 여기서 자고 가면 안 돼요? 제발요!!"

어젯밤 사우스포트에 있는 우리 숙소로 돌아가자고 했을 때 은준이가 애원하기 시작했다. 우리는 브로드비치에 있는 상상이네 숙소에서 충분히 유쾌한 시간을 보냈다. 엄연히 비용을 지불한 우리의 숙소가 있는데 뜬금없이 무슨 소리니?

"아, 엄마 제발!! 나 안 갈래!"

민하까지 안 가겠다고 떼쓰기 시작했다. 갑작스러운 애원에 뇌가 풀가동을 시작했다. 내일의 일정이 있었던가? 내일 입을 옷이 있을까? 아니 당장 잘 때 입을 옷과 칫솔도 없는 마당에, 게다가 남의 숙소에서 여행 중에 실례를 할 순 없다. 예상치 못한 상황에 나는 황당한 표정을 지었다.

"언니! 여기서 자고 내일 다 같이 서핑하면 안 돼요? 저희는 진짜로 괜찮아요. 소파를 붙이면 여유가 생길 것 같아요!"

자고 가면 좋겠다는 지윤의 말에 아이들은 모두 환호성을 질렀다. 서핑은 함께하면 좋겠지만 실례가 될 것 같아 망설여졌다. 그러다 지윤의 달콤한 제안에 내 마음이 움직였다.

"내일 새벽에 브로드비치 같이 산책해요! 장도 같이 봐서 바비큐도 하면 좋겠어요. 아, 그럼 너무 좋을 것 같은데!"

함께 산책하는 기쁨을 떠올리니 더 이상 거절할 이유가 없어졌다. 얼굴만 조금 두꺼워지면 될 뿐.

잠든 아이들은 상상이네 아버님께 안전하게 맡기고 지윤과 밖으로 나왔다. 브로드비치는 사우스포트의 한가하고 목가적인 풍경과는 사뭇 달랐다. 해변으로 빽빽이 들어선 고층 건물, 이른 아침부터 서핑과 수영을 즐기고 몸을 말리는 사람들, 공원에 모여 기체조를 하는 사람들이 보였다. 만약 어젯밤 슬립오버가 아니었다면 사우스포트와는 전혀 다른 분위기인 이곳에서 아침 산책을 해볼 기회는 없었을 것이다. 실례를 무릅쓰고 하룻밤을 보낸 것이 커다란 행운으로 느껴질 만큼 브로드비치 해변 산책로는 근사했다. 여행 중 여행을 하고 있다는 사실이 하루를 더욱 특별하게 만들었다.

쫄깃한 잉글리시머핀에 상추와 햄, 아보카도, 치즈, 계란 등을 끼운 샌드위치와 새콤달콤한 망고로 든든한 아침 식사를 마치고 서핑 갈 채비를 마쳤다.

그런데 큰 문제가 있었다.

골드코스트의 파도는 내가 생각한 것 이상으로 힘이 셌다. 물이 무

릎까지만 차올라도 걷기 힘들었고 허벅지까지 차오르면 넘어질 듯 휘청거렸다. 수영을 잘하고 힘이 센 은준이는 걱정이 없었지만 아직 어린 민하에게는 보호자가 필요했다.

수영도 못하는 나 같은 몹쓸 보호자도 도움이 될까. 아이보다 물을 더 무서워하는 나 같은 엄마는 전혀 도움이 안 될 것 같았다. 오히려 내가 물에 빠지면 아이들이 나를 구해야 할지도 모른다. 이런 상황은 예상하지 못한 채 호주에 간다면 서핑은 한 번 해봐야지 생각했던 스스로가 부끄러워 쥐구멍에라도 숨고 싶었다.

'미안해 얘들아.'

그때였다. 키가 크고 듬직한 상상이네 아버님이 영웅처럼 등장했다. 오늘만큼은 아이 넷의 아빠가 돼 묵묵히 아이들을 살펴주고 계셨다. 무거운 서핑보드를 나르는 일부터 파도에 아이들을 실어 보내는 일까지, 내리쬐는 뙤약볕에서 파도를 이겨가며 최선을 다하고 계셨다.

수고해주신 상상이네 아버님께는 너무 고맙고 죄송하지만, 극적으로 나타난 은인 덕분에 이틀간 서핑을 시켜볼 수 있었던 건 모험 그 자체였다. 그날 밤 아이들이 자고 가면 안 되냐고 조르지 않았다면, 나는 혼자서 서핑을 시키느라 미역처럼 너덜너덜해졌을 것이다. 덤으로 지윤은 나와 함께 마실 와인을 사러 나온 브로드비치 밤거리가 이

토록 황홀하다는 걸 모르고 지나쳤을 것이다.

파도는 거셌고 아이들의 서핑은 마음먹은 대로 잘되지 않았다고 한다. 계속 넘어지고, 물에 빠지고, 물을 먹었지만 바다에서 더할 나위 없이 즐거운 시간을 보냈다. 아이들은 엄마랑만 있을 때보다 함께 어울려 놀 때 더 신나 보였다.

두 가족이 함께 어울리니 아이들도 나도, 여행의 즐거움이 두 배가 됐다. 생각할수록 신기하다. 호주 두 달 살기 일정과 숙소가 거의 같은 것도 모자라 '알고 보니 대학 후배'와 여행의 기쁨을 나누는 사이가 되다니, 신의 은총이 아니고서는 달리 설명할 길이 없다.

dai1ylife

저는 잘 지내고 있습니다.

물론 지갑도 한 번, 아니 가방까지 통째로 잃어버린 적도 있고,

무단횡단이 일상인 이 나라에서 빵빵대는 차로 당황한 적도 있습니다.

한국에선 멘 적도 없는 커다란 백팩을 이고 만 보를 넘게 걷는 것은

일상입니다.

자판기에서 카드결제까지 마쳤는데 아무것도 나오지 않을 때도 한

두 번이 아니었고,

구글맵이 알려준 대로 버스에 타려는데

운전기사가 희귀한 영어로 못 타게 해서 난감한 적도 있습니다.

아이들 앞에서 부끄럽지 않고 싶은데 영어는 언제나 어렵습니다.

야외 바비큐를 야무지게 해 먹고 스테인리스 불판을 닦느라 땀을 삘삘 흘리기도 하고,

한두 정거장 트램비를 아끼려고 뙤약볕에 걷다가 아이들의 언성을 사곤 합니다.

훌쩍 커버린 녀석들과 킹사이즈 침대에서 새우잠을 자기 일쑤지만, 다신 없을 소중한 6시 산책은 하루를 버티게 할 에너지음료처럼 사수하고 있습니다.

가끔 내 품에서 볼을 비비며 엄마가 제일 좋다는 아이들의 달달한 고백과,

부지런히 골목을 돌아 걸을 때 펼쳐지는 놀라운 대자연의 풍경들과,

늦은 밤 180도 지평선 뷰를 안주 삼아 마시는 맥주 한 잔에 2만 보 걸음의 피로를 잊습니다.

예상치 못한 친절들로부터 누리는 호사와,

아름다움을 아낌없이 내어주는 호주의 넉넉함에 매일 감탄하며 그렇게 저는 잘 지내고 있습니다.

당신은 어떻게 지내고 계시나요?

#Howareyou#Australia

너의 젊음이 부럽다

_ 좋은 어른을 만난 아이는 좋은 어른이 된다

수영 레슨을 마치고 해 질 녘 아이들과 브로드워터 파크랜드 공원

을 걸어 숙소로 돌아가는 길이었다. 공원에는 아이들을 유혹하는 거

대한 트램펄린과 놀이기구, 자전거 등 즐길 거리가 많아 수영장에서 숙소까지 가는 데는 아이들의 게으른 걸음으로 한 시간이 더 걸리기도 했다.

남매는 나란히 걸으며 수다를 떨었고 간간이 나와 농담도 주고받았다. 이런 여유는 학원과 숙제에 쫓기지 않아도 되는, 아이들과 내가 가장 사랑한 시간이었다.

걷다 보니 해변에서 비치발리볼을 하는 청년들이 보였다. 아이들은 걷기를 미루며 구경하고 가면 안 되냐고 물었다. 붉게 타는 노을이 잘 보이는 곳에서 게임도 감상할 겸 나는 아이들과 멀찍이 떨어져 있는 벤치에 앉았다.

보아하니 몇 명은 앉아서 지켜보다가 누군가 힘들다고 나오면 교대하는 식으로 자유롭게 게임을 이어나갔다. 이곳을 지나가는 누구라도 원한다면 게임에 낄 수 있었다. 체력이 허락한다면 나도 끼고 싶었지만 그럴 열정까지는 없었다. 다만 나도 저런 시절이 있었지 생각하며 잠시 회상에 젖었다.

우연히 만난 사람들과 어울려 노는 게 전혀 이상하지 않던 시절이었다. 그때가 너무 그리워 호주에 다시 온 것이다. 마치 과거의 나를 보는 것 같았다. 환하게 웃으며 공을 주고받는 모습이, 그 젊음이 너무 예뻐서 나도 모르게 미소가 번졌다.

게임을 리드하는 흰색 민소매의 건장한 남자는 영어 발음을 들으니 일본인이 확실했다. 과한 리액션으로 분위기를 띄우는 재주가 있어 인기가 많을 것 같았다. 오늘 처음 만난 사람도 어색하지 않게, 실수도 개그로 승화시키는 사람이었다. 그를 아슬아슬하게 비껴가는 공을 보며 순간 나도 모르게 웃음이 터져 나왔다. 그 웃음소리에 내가 더 놀랬다. 이런 웃음은 얼마만인지.

그런데 내가 지켜보는 걸 어떻게 알았는지, 한 팀이 끝나고 그 일본인 청년이 나를 향해 소리쳤다.

"당신도 같이 해볼래요?"

"아! 괜찮아요, 나는 그냥 구경만 할게요."

'미안하지만 나는 체력이 안 돼.'라는 진심은 숨기고 수줍게 거절했다. 내심 기분이 엄청나게 좋았던 건 비밀로 해야 할까. 내가 모자를 쓰고 있기도 했고 얼굴도 동안인 편이라 자기들이랑 비슷한 연배일거라 생각하고 물어봤을까. 후훗.

그런데 갑자기 내 머리에 번쩍하고 묘수가 떠올랐다.

'아, 은준이가 있었지!'

나는 일어서서 나와 멀찍이 떨어져 앉은 은준이를 가리키고 큰 소리로 물었다.

"나 대신 내 아들이 같이해도 될까요?"

그들은 일제히 은준이를 쳐다봤다. 안 될 이유가 전혀 없다는 표정으로 "Sure!"라고 대답하고 은준이를 향해 이쪽으로 오라는 손짓을 했다. 갑자기 웬 날벼락이냐는 표정의 은준이는 나와 그들을 번갈아 보며 손사래를 쳤다.

"엄마, 나는 너무 어려요."

"나이가 뭐가 중요한데? 일단 해봐. 못하겠으면 그때 나와도 늦지 않아."

나는 안절부절못하는 은준이를 모래밭으로 떠밀었다. 이렇게 한 번 부딪쳐보는 것도 좋은 경험이 되겠다고. 사실은 '엄마 대신에 네가 해줘.'라고 마음속으로 생각하면서.

서너 번의 거절 끝에 결국 은준이가 모래밭으로 내려간 건 내 부추김 때문만은 아니었다. 형, 누나들이 부끄러워하는 은준이를 보고 같이 해보자며 기어코 모래로 불러낸 것이다.

은준이에게 던진 첫 마디는 "What's your name?"이 전부였다. 나이나 국적을 불문하고 이름만으로 친구가 되어 함께 어울리는 쿨함이라니! 하긴 여기서 나이나 국적 따위가 무슨 상관이 있겠어. 공이 바닥에 떨어지지 않게 잘 지키기만 하면 되지.

형, 누나들 사이에서 두 손을 공손히 모으고 어찌할 줄 모르는 아들이 귀엽기도 하고, 한편으로는 부쩍 자란 것 같아 기특해 보였다. 짙어진 노을을 배경으로 펼쳐지는 게임은 이제 은준이의 게임이 되었다. 제 앞으로 공이 날아오니 어떻게든 받아내려고 애썼다. 운이 좋아 한두 번 잘 넘기긴 했지만 대부분 불발이었다. 첫 서브도 실패. 자꾸 공이 마음처럼 되지 않아 미안하다는 말만 뱉어낸다. 보는 나도 안타깝고 급기야 은준이가 게임의 흐름을 망치는 건 아닌가 싶어 민망해지기 시작했다.

그때 눈앞에서 놀라운 장면이 펼쳐졌다. 형, 누나들은 은준이에게 여러 번 기회를 주면서 다시 서브해보라고 "again! again!"을 외치는 것이었다. 몸이 따라주지 않아 속상해하는 아들에게 그럴 필요 없다며 손사래를 치는 형도 있었다. 게임이 좀처럼 진전이 안 돼도 누구 하나 투덜대지 않았다. 귀엽다며 머리를 쓰다듬는 모아나 같은 누나와, 양손과 엄지를 모아 공을 치는 방법을 앞다투어 알려주려고 다가오는 형들이 내 눈에 너무 멋져 보였다. 서투르고 부족한 아들을 따뜻한 눈으로 봐줘서 고마웠다. 게임을 방해하는 어린이가 아니라, 열심히 해보고 싶어 하는 동지를 바라보는 눈빛이었다. 문득 저들은 도전의식과 배려로 똘똘 뭉친 워홀러들이구나 생각했다. 내 후배들이다. 아직은 현실에 안주하지 않은, 싱싱하고 건강한 20대의 청년들. 그들을 바라보는 것만으로 나도 모르게 가슴이 두근거렸다.

어둠은 노을까지 남김없이 밀어냈다. 이제 각자의 자리로 뿔뿔이 흩어질 시간이다. 은준이는 소지품을 챙기는 민소매 형에게 이름과 국적을 물었다. 이름은 '가즈미', 내 예상대로 일본인이었다. 그 말을 들은 은준이의 표정에서 묘한 기운이 느껴졌다. 엄마의 눈으로 해석하자면 이런 의미였을 것이다.

'일본 사람인데 굉장히 착하고 친절하시네.'

그때 은준이의 표정을 눈치챈 가즈미가 말했다.

"Japan is your friend, I like Korean and you will be a big boy!"

가즈미는 축복에 가까운 인사를 남겼다. 꽤 오래 이어진 게임에 피곤할 법도 한 은준이의 표정에는 되려 생기가 돌았다. 나는 은준이의 눈에 비친 형, 누나가 어땠을지 궁금했다. 게임을 하며 마음속에 어떤 변화가 있었을까. 아! 나는 그것이 너무나도 궁금한데 은준이에겐 아직 그 마음을 언어로 끄집어낼 능력이 부족한 것 같았다. 은준이는 흥분을 가라앉히지 못하고 말했다.

"엄마. 왜인지는 모르겠는데 가슴이 엄청 두근거려요."

"그리고 또?"

"음… 나 이제는 일본 사람을 미워하지 않을 거예요. 일본 사람인데 저렇게 착하고 나한테 잘 대해주다니. 가즈미 형은 정말 좋은 사람 같아요. 나도 이다음에 가즈미 형처럼 친절한 어른이 될 거예요."

엄마 마음에 쏙 드는 좋은 대답이었다. 가즈미에게 진심으로 감사했다. 우리가 앞으로 또 만날 기회가 있을까. 그럴 일은 당연히 없겠지만 미래에 아들과 가즈미 형의 우연한 만남을 영화처럼 상상해보다가 피식 웃음이 나왔다. 나는 정말로 일어날지 모르는 일이라 생각하고 가즈미의 이름을 메모했다.

끝까지 포기하지 않고 게임을 이어간 기특한 아들에게 큰 소리로 외쳤다.

"아들! 네 이름이 뭐니? Justin이잖아! Just do it! 뭐든 일단 해보는 거야, 뭐든 시도하면 반드시 얻는 게 있어, 알겠지?"

이 말은 내 철학이며 아이들에게 반드시 가르치고 싶은 태도이기도 했다. 우리는 인생에서 주사위를 던지는 사람이 되어야 한다. 은준이는 '저스틴'과 '저스트 두잇'을 번갈아 중얼거리며 알겠다고 끄덕였다.

새로운 행운이 은준이의 머리 위로 떠오르는 게 보였다. 열두 살의 저스틴에게 오늘 하루는 어떤 형태로 치환되어 앞으로의 삶에 뿌리내릴까. 결코 되돌아갈 수 없는 젊음을 미래에 남겨둔 아들이 너무나 부러웠다. 나는 알고 있다. 낯선 곳에서 낯선 사람들과 낯선 경험을 하게 되면 삶은 어떤 형태로든 변화한다는 것을. 그것도 아주 멋지게. 나는 떠난 자에게만 신이 주는 선물을 알고 있다.

아들! 성인이 되는 날, 엄마가 호주 항공권을 선물해줄게. 그땐 너도 꼭 떠나서 멋진 경험을 하고 와주길!

기분이다! 이 감동을 몰아 오늘 저녁은 양고기를 굽자!

내 인생 최고의 일몰

_ 남반구에서 만난 지구의 경이로움

골드코스트에 온 지 2주가 다 되어간다. 테마파크를 가고, 수영을 배우며(나 말고 아이들), 남의 숙소에서 자고 오기도 하는, 여행이 일상이 된 날들이 지속되었다. 처음 골드코스트에 와서 '뭐 하지?'로 시작한 고민은 '어떻게 하면 남은 시간에 더 많은 추억을 쌓을 수 있을까?'로 이어지고 있었다. 여전히 6시면 눈을 떠 산책을 나갔고 비 올 때를 제외하고는 숙소에 가만히 앉아 시간을 보내는 법이 없었다. 뭐든 해야만 했다. 조급증이 병이라고 해도 괜찮았다. 이 병이라면 호주에선 좀 걸려도 괜찮다고 생각했다.

'이제 골드코스트에 적응을 좀 한 것 같은데.'

이런 마음은 용기로 이어졌다. 뭐든 할 수 있고, 어디든 가볼 수 있겠다는 자신감이 생겼다. 나에게도 좋은 변화가 생긴 것이다. 아침 산책을 마치고 발코니에 걸터앉아 골드코스트 여행 후기를 찬찬히 뒤지며 대담함을 미끼로 낚시를 시작했다.

'어디라도 좋으니 골드코스트의 정수를 맛보게 해다오.'

미끼를 문 곳은 '버레이 헤드 국립공원'이었다. 말이 국립공원이지 바다 옆에 있는 산이다. 후기에 물려 있는 사진들도 전부 바다를 찍은 사진이었다. 후기 작성자들은 하나같이 이렇게 말하고 있었다.

'여기를 안 가보고 골드코스트에 갔다고 하지 마세요.'

트램을 타고 브로드비치사우스역에 내려 버스로 환승했다. 구글은 우리를 언덕 위 낯선 버스정류장으로 안내했다. 목적지는 분명 국립 공원인데, 한적한 언덕 위로 큰 꽃나무들과 가정집이 줄지어 있었다.

산으로 들어가는 작은 입구에 'National Park'라고 써진 팻말이 눈에 들어왔다. 건물로 치면 정문이 아니라 후문쯤 되는 것 같았다. 그러지 않고서야 국립공원의 입구가 이렇게 소박할 수는 없는 일이다.

등산을 한다니 부담이 됐었는지 민하가 걸을 때마다 "올라갈 만하네." 하고 중얼거렸다. 산이라기보다는 동네 뒷산 산책로 같았다. 씩씩한 걸음으로 앞서 걷는 아이들의 뒷모습을 보며 어디든 나를 따라나서는 순순한 아이들이 고마웠다.

갑자기 툭 튀어나온 어른 팔뚝만 한 도마뱀이 내 운동화에 밟힐 뻔했다. 잊을 만하면 나타나는 도마뱀들을 몇 마리 지나치고 나니 이젠 눈이 마주쳐도 아무렇지도 않게 되었다. 녀석들이 우리를 더 무서워하는 눈치다.

바다가 보이는 언덕에 앉아 간단히 요기를 하고 옆으로 난 계단을 따라 조심스럽게 내려갔다. 이윽고 수평선을 따라 파노라마처럼 길게 펼쳐진 바다가 눈에 들어왔을 때 발걸음을 멈추지 않을 수 없었다. 기적 같은 날씨와 함께 천국이 이곳에 있었다. 사선으로 이어진 해안선을 따라 파도의 움직임은 선명하게 드러났고, 파도가 칠 때 부딪히는 물방울들이 아지랑이처럼 피어올랐다. 거센 파도와 수평선 저 멀리 서퍼스파라다이스 스카이라인이 또렷이 보였다. 탁 트인 바다에 미세하게 굽은 수평선은 지구가 둥글다는 사실을 보여주고 있었다. 골드코스트를 두 번째 방문하는 사람들은 버레이 헤드 근처로 숙소를 구한다는 말에 그제야 수긍이 갔다.

해안 산책로를 가볍게 걸었다. 바다는 보는 위치에 따라 그 모습과 느낌이 전부 달랐다. 숲길로 들어서니 바다 쪽으로 난 작은 오솔길이 보였다. 젊은 여자들이 비치타월을 걸치고 걸어 올라왔다.

"얘들아! 잠깐 여기 들렀다 갈까?"

큰 돌을 계단 삼아 나무 옆으로 펼쳐진 해변까지 걸어 내려왔을 때 나는 또 한 번 입을 다물지 못했다. 아까 본 천국은 천국의 대기실인가. 이곳은 한바탕 잔치가 벌어지는 중이었다. 사각거리는 나뭇가지들을 밟으며 해변을 향해 걸었다. 아이들은 묻지도 않고 물가로 뛰어들었다. 이글거리는 햇살 아래 에메랄드빛 바다와 윤슬, 파도는 없지만 잔잔하고 따뜻한 물가, 아이들이 놀기에 이만한 곳이 없었다. 오늘 우리가 골드코스트에서 보물을 찾았다.

좋은 곳은 질릴 때까지 계속 가는 내 성격은 이곳에서도 변함이 없었다. 나는 또 이곳에 상상이네를 초대했다. 이번엔 시간이 된다면 팜비치도 들러볼 생각이었다. 오후가 되도록 아이들의 물놀이는 지칠 줄 몰랐고 어느새 시간은 일몰을 향해 빠르게 전진했다. 팜비치까지 가는 것은 아무래도 무리일까 고민하고 있었다.

"팜비치 라군 너머 해변에서 보는 일몰이 기가 막힐 거요."

에코비치에 앉아 아이들이 노는 모습을 지켜보던 나를 향해 혼자 해수욕을 온 앤드류 아저씨가 말했다. 아이스박스 속 시원한 맥주를 홀더에 끼워 나에게 선물한 친절한 아저씨와 담소가 이어져 인스타그램 친구까지 맺었다. 아저씨는 고민하는 나에게 시간이 된다면 일몰을 꼭 보라고 말해줬다.

보통 가보지 않은 장소에 대한 후회는 그리 오래가지 않지만 호주라면 이야기가 달랐다. 나는 어떤 마음으로 호주에 왔는가. 만약 1초라도 후회가 남는다면 그것은 미련으로 이어져 평생 회한이 될 지도 모른다. 호주는 길거리에서 보는 일몰도 아름다운데, 기가 막히다는 팜비치의 일몰은 어떤 모습일지 두 눈으로 직접 확인하고 싶었다.

우리는 일행과 함께 버스를 타고 팜비치로 내려왔다. 버레이 헤드와는 달리 상점가로 북적이지 않고 자연친화적인 분위기였다. 무엇보다 아이들이 좋아하는 대형 놀이터가 있어서 몸을 말릴 수 있어 좋았다.

팜비치 라군은 잔디밭 뒤로 물가가 있고 건너편 육지 뒤로 바다가 펼쳐진 형세였다. 해질 무렵이라 사람들은 하나둘씩 돌아가고 있었지만 이제 도착한 우리는 한가롭고 평화로운 해변 어딘가에 털썩 주저앉아 경치를 감상했다.

새이버링(Savoring)은 '향유하기'란 의미의 흔하지 않은 단어다. 음식을 먹을 때 식재료의 맛, 색감, 식감 등을 하나하나 온몸으로 느끼는 것을 말한다. 여행할 때도 그 장소에서 느껴지는 분위기와 공기의 밀도, 시야에 담기는 색감까지 촘촘히 음미하는 일종의 리추얼(Ritual)이다. 나같이 새로운 자극에 늘 목말라 있는 조급증 환자는 새이버링이 치료약이다.

걸음을 멈추고 눈앞에 보이는 풍경을 조각으로 나누어 음미한다. 그 순간 조각의 수만큼 기적이 일어난다. 이 리추얼은 지금 나에게 어떤 고통도 없다는 현실에 대한 감사로 이어진다. 아타락시아(Ataraxia), 우리를 만족으로 이끄는 것은 어떤 것의 존재가 아니라 고통의 부재라는 말.

바로 이 순간, 새이버링을 시작했다.

앤드류가 말했던 기가 막힌 일몰의 시간이 가까워지고 있었다. 해는 지평선 아래로 사라지면서 온갖 색채를 뿜어낼 것이다. 그것을 감상하기 위해 놀이터에서 신나게 노는 아이들을 불러 모아 바다로 향했다. 이윽고 눈앞에 펼쳐진 팜비치의 긴 수평선을 마주하고 나는 그 자리에서 얼어버렸다. 현기증이 났다.

'나, 이제 죽어도 여한이 없을 것 같아.'

진심이 하는 말이었다. 생각해보라. 인간이 살면서 이 말을 몇 번이나 할 수 있을까. 가슴이 벅차올라 참을 수 없이 눈물이 터져나왔다.

엄청난 일몰이었다. 인간이 만든 색채값 RGB로 이 경이로움을 표현하는 것은 불가능할 것이다. 위대한 풍경의 아름다움은 인간의 힘으로 감당하기에 너무나 벅찬 것이라던 장 그르니에의 말마따나, 사진도 그날의 감동과 경이를 담지 못했다. 그 어떤 수사로도, 훌륭한 작가나 시인도 직접 팜비치의 일몰을 감상하는 것만큼의 감동을 치환하지 못할 것이다.

이제 알 것 같았다. 신이 나를 골드코스트로 부른 이유를.

칼 세이건의 『코스모스』를 읽기 시작한 내가 제정신이 아닌 모양이다. 우주의 한 점 티끌과도 같은 지구에서 나라는 존재가 얼마나 보잘

것없는지를 보라고. 마치 〈2020 우주의 원더키디〉 만화 속 미래도시를 연상시키는 남반구의 해변에서, 우주의 기적인 지구에 사는 내가 얼마나 운이 좋은 사람인지를 알아야 한다고 신이 나에게 속삭이는 것을 들었다.

나는 은준이에게 말했다.

"엄마는 이 아름다움을 보기까지 40년이 걸렸는데 너는 12년 만에 봤으니 운 좋은 줄 알아!"

뒤늦게 안 사실이지만 지윤은 이제 숙소로 돌아가야 할 시간임에도 황홀경에 빠진 나를 보며 차마 돌아가자고 말할 수 없었다고 한다.

팁은 카드로 결제 바랍니다

_ 원칙과 기준을 세운 소비

시드니의 서큘러키에는 온몸이 황금인 아저씨가 있었는데 서퍼스파라다이스의 밤거리에도 온몸을 은으로 덧칠한 아저씨가 있었다. 둘은 형제일까. 의자 받침도 없이 허공에 앉아 미동도 없는 아저씨를 아이들은 앞에서 뒤에서 부끄러울 정도로 오래 쳐다보다가 발길을 돌렸다.

걷다가 뒤를 돌아보았다. 온몸에 은칠한 아저씨가 몸을 일으켜 물을 마시는 장면을 운 좋게 포착했다. 목이 말랐을 텐데 우리 아이들이 너무 오랫동안 쳐다봐서 고통스러우셨겠다. 동상처럼 앉아 있던 아저씨의 몸이 움직이는 게 어른인 내게도 신기했다. 은준이에게 저것 좀 봐! 하려다 동심이 파괴될까 봐 참았다.

서퍼스파라다이스에서는 매주 수요일과 금요일, 토요일 저녁에 비치프런트 마켓이 열린다. 말 그대로 해변 산책로에 작은 마켓이 줄지어 들어서는 것이다. 관광객들은 볼거리, 살거리가 풍부한 해변으로 몰려나온다. 우리도 두어 번 구경하러 갔다가 크룩스에 꽂을 지비츠와 와

펜, 말랑이 같은 작은 장난감을 산 적이 있다. 크기도 작은 것들이 가격은 또 왜 이리 비싼지. 나 같은 쫌생이 여행자는 지갑을 열기 힘들다.

여행을 왔으면 즐겨야 하는데, 때때로 돈은 우리의 즐거움보다 가성비의 발목을 잡는다. 아이들과 여행할 때 잠깐이라도 정신줄을 놓으면 돈이 물 새듯 줄줄 샌다. 예쁜 쓰레기를 살 돈으로 소고기라도 한 점 더 사 먹고 싶은 게 엄마 마음 아닐까? 나는 여행 중 돈을 잘 쓰기 위한 나만의 기준을 세웠다. 아래의 질문을 통과했을 때만 돈을 쓰기로 한 것이다.

1) 지금이 아니면 안 되는 경험인가?

2) 여기가 아니면 못 사는 물건인가?

3) 모르는 맛의 음식인가? (외식비는 인건비다.)

원칙은 원칙일 뿐, 여기가 아니면 못 사는 물건도 아닌데 아이들이 사 달라고 떼쓰면 나는 하릴없이 무너지곤 했다. 떼쓰는 아이들의 요정은 이렇게 속삭였다.

'그냥 좀 사주지 그래? 애들 표정 좀 봐, 얼마나 간절하니?'

요정의 속삭임에 넘어가 사준 장난감이 얼마 지나지 않아 사지가 절단된 채 쓰레기통으로 추락하면 단단히 다그친다.

"이것 봐, 벌써 쓰레기가 됐잖니! 이제 절대 안 사 줄 거야!"

아이들은 물건의 가치보다는 순간의 기분을 돈으로 사는 것이다. 나는 그게 싫어서 장난감 가게를 냉정하게 외면한다. 그러면 아이들은 애미애비도 없는 자식처럼 시무룩해지고 입이 쭉 나온다. 나는 한숨과 함께 짠함과 부끄러움이 밀려온다.

'아이고, 몇 푼이나 한다고, 얼른 사주고 여길 뜨자.'

바로 이 '몇 푼이나 한다고'가 물건을 파는 이들의 수법이다. 부모는 늘 속는다. 다시는 속지 않겠다고 다짐해도 그 '몇 푼'에 내 자식 기죽는 것 못 봐서, 결국엔 작고 예쁜 쓰레기들에게 힘들게 번 돈을 제물로 바치고 마는 것이다.

그런데 호주에서는 장난감 못지않게 아이들이 떼쓰며 돈을 요구한 것이 하나 더 있었다. 아이들은 쓰고 남은 동전을 나에게 졸라 구경꾼들을 위한 팁통에 넣는 걸 좋아했다. 민하는 관찰력이 좋은 건지 아니면 운이 좋은 건지, 길에서 동전을 잘 주웠다. 가끔 여비에 보태고 싶은 $2 동전을 주워와 내가 탐을 내곤 했지만 한사코 팁 통에 넣어야 한다고 손에 꼭 쥐고 놔주지 않았다.

북적거리는 서퍼스파라다이스 길거리는 쇼가 꽤 볼 만했다. 위험한 묘기로 시선을 끄는 사람부터 버스킹을 하는 사람들까지 걸음을 멈추게 하는 볼거리가 많았다.

아이들은 특히 위험한 묘기에 관심을 보였다. 가운데가 뚫린 변기 커버를 힘들게 몸에 끼우고, 기다란 풍선을 불어 터트리지도 않고 목구멍에 쑤셔 넣었다. 두건으로 눈을 가린 채 쇠 검 세 개를 저글링 했다. 서커스에 가까운, 트릭이라고는 찾아볼 수 없는 생생한 묘기였다. 그들은 관객을 동원해 쇼에 긴장감을 더했고, 재밌는 입담으로 분위기를 띄웠다.

한참동안 정신이 팔려 구경하던 은준이가 내 팔을 잡는다.

"엄마 돈 없어요?"

구경을 했으니 돈을 내자는 것이다. 이 말이 처음은 아니다.

"응? 나 돈 없는데?"

"엄마, 재밌게 봤으니까 돈은 내야죠! 빨리 찾아봐요!"

은준이는 그들이 우리의 즐거움을 위해 길에서 수고하고 있고, 그 덕분에 즐거웠으니 응당 이것에 비용을 치러야 한다고 했다. 팁으로 내는 $1는 큰돈은 아니지만 여행자에게는 적은 돈이 아니다. 누군가는 $10를 내기도 한다. 지나가다가 눈요기를 했다는 이유로 길거리 쇼가 우리의 발목을 잡는다면 돈을 줄줄 흘리고 다녀야 할 것이다.

한동안 현금이 없다거나 지갑을 두고 왔다는 핑계로 팁 내기를 피해왔다. 운 좋게 지갑에 50센트라도 있으면 다행이었다. 호주 돈 50센트는 모양이 가장 큰 동전이므로 액수의 크기를 체감하지 못하는 민하에게는 만족스러운 팁이 되었다.

이번엔 재밌게 봤으니 팁을 내자고 큰맘 먹고 지갑을 뒤졌다. 큰돈은 어렵고 $2면 충분하지 않을까 싶어 동전을 꺼내 넣으려는 찰나,

어라, 팁 통에는 현금 대신 QR코드가 붙어 있었다.

보통 '여기는 팁 넣는 곳이오' 하는 식으로 동전과 지폐 두어 개가 놓여있는 게 정상인데, QR코드를 보니 황당했다. 호주에서 대부분의 비용은 카드로 탭하여 지불했고, 길거리 마켓도 단말기가 구비돼 있어 현금이 필요하지 않았다. 심지어 현지 교회에서 헌금을 낼 때도 QR이나 단말기를 탭해야 했다. 이젠 길거리 쇼에 내는 팁까지 카드로 결제하라는 것이다.

이왕 팁을 내기로 마음먹었으니 QR코드를 찍어 사이트에 접속했다. 놀랍게도 $2의 팁은 선택지에 있지도 않았다. 팁의 최소 금액이 $3인 것을 보고 동공이 흔들렸다. 아이들은 계속 팁을 냈냐고 독촉했다. 스마트폰을 들고 있던 나는 말했다.

"응, 지금 모바일로 팁을 결제하는 중이야. 여기선 그렇게 해야 하나 봐."

내 말을 듣고 안심한 아이들은 다시 쇼에 집중했다. 잠시 고민하다

$3에 체크했다. 결제 버튼이 손가락으로 향하던 바로 그때.

한국에서 남편에게 영상통화가 걸려왔다. 쇼가 진행되는 모습을 생중계로 보여줬다. 재밌겠다며 부러워하는 남편에게 다음 주에 여기와서 같이 보자고 말했다. 주말은 잘 보냈냐, 밥은 먹었냐 등의 안부를 묻는 일로 길어진 영상통화가 끝나고 아무렇지 않게 휴대폰을 호주머니에 넣었다. 은준이가 물었다.

"엄마, 팁 냈어요?"

집요한 녀석 같으니, 나는 능청스럽게 대답했다.

"당연하지, 휴대폰으로 팁 결제했어. 배고프다, 얼른 집에 가자!"

p.s. 언젠가 너희들이 이런 엄마를 이해해주는 날이 오기를 바라.

하루면 충분해, 브리즈번

_ 나의 지금은 누군가의 수고 덕분이다

주말에 퀸즐랜드는 아이들의 교통비가 무료다. 성인도 반값만 내면 된다. 결코 교통비가 저렴하지 않은 호주에서 이런 혜택은 무조건 누려야 한다. 휴양의 도시 골드코스트에만 머문 지 3주가 다 되어가니 북적이는 도시가 그리워 기차로 두 시간 거리의 브리즈번에 가보기로 했다.

아침 일찍 나와 울월스 매장 한가운데 있는 'FREE FOR KIDS' 과일을 아이들 손에 쥐어주고, 나는 쿠폰으로 무료 커피를 주문했다. 이러다 머리가 다 벗겨지는 게 아닌가 잠시 걱정했지만 두 달간 울월스에서 쓴 돈이 많으니 이 정도는 이해해주리라 믿으며 혼자 피식 웃었다.

하루 만에 이 도시를 해치우겠다는 비장한 각오로 도착한 브리즈번은 골드코스트에서는 볼 수 없었던 도시의 풍경으로 가득했다. 공원에는 우스꽝스러운 놀이기구와 인공해변이 있었고, 개와 친구처럼 피크닉을 즐기는 여자와, 귀엽고 네모난 트럭에서 젤라또와 롱블랙을 파는 청년들이 보였다. 맑은 날씨에 뭉게구름은 브리즈번의 매력을 더욱 돋보이게 했다.

브리즈번 아케이드는 시드니의 QVB와 비슷하지만 좀 더 작고 빈티지한 쇼핑몰이다. 지하에 다양한 용품을 판매하는 곳이 있어 구경할 겸 아이들과 계단을 내려가다가 속상한 일이 생겼다.

평소 걸으며 공상을 즐기는 은준이가 입구에 세워진 빨간 간판을 못 보고 걷다가 간판이 무릎에 부딪혀 쓰러졌다. 간판이 부서진 건 아니지만 눈썹이 부리부리한 아주머니가 다가와 은준이를 향해 불쾌한 표정을 지었다. 장사를 한다는 사람이 손님을 저런 눈빛으로 쳐다봐도 되는 건가? 죄송하다고 인사를 했지만 들은 체도 않고 쌀쌀맞은 표정으로 우리를 쫓아냈다.

나는 참을 수 없이 분개했지만 결국 참기로 했다. 먼저 그녀가 이미 우리를 기분 나쁘게 쳐다봤으므로 항의한다 한들 좋은 꼴은 못 볼 것이다. 게다가 지금까지 완벽했던 브리즈번 나들이를 이 싸움으로 망치기 싫었다. 옳든 그르든 싸움은 불필요한 에너지를 낭비하는 일이다. 끝으로 내 영어 실력이 저 여자를 압도할 만한 것이 못되어서다. 한국말로는 맛깔나게 기선을 제압할 자신이 있지만 영어로는 당장 'angry'나 'rude' 정도의 단어밖에 떠오르지 않았다.

나보다 은준이가 더 속상한 모양이다. 부딪히면서 아프기도 했고, 좋은 어른만 만나다가 이런 대접을 받으니 언짢을 만했다.

"많이 아팠니? 엄마도 속상하다. 사람을 그런 식으로 얕잡아보다니… 근데, 너도 앞 좀 잘 보고 걸어!"

속상하겠지만 은준이도 고쳐야 할 점이다. 열두 살 아들의 머릿속엔 대체 무엇이 들어 있기에 간판도 못 보고 걸을 만큼 공상에 빠지는 걸까. 은준이는 자신의 부주의를 반성하면서도 계속해서 그 아주머니의 표정과 반응을 들먹였다. (이제 그만 말했으면 할 때까지!) 어쨌든 키즈 프렌들리의 나라 호주에도 친절하지 않은 어른이 있고, 그건 어느 나라나 마찬가지니 우리는 좋은 어른이 되자고 불쾌한 감정을 매듭지었다.

전날 예약해둔 브리즈번 뮤지엄 시계탑 투어를 시작으로 브리즈번 핫플 'LUNE'에서 크루아상 먹기, 페어리 도어 앞에서 사진 찍기 등 급하게 만든 미션들에 도장을 깼다. 시계탑 투어가 끝났을 때 미술공예를 좋아하는 민하를 위해 더위도 식힐 겸 체험공간에 들렀다.

체험공간의 콘셉트는 '집'이다. 천을 여러 방식으로 꼬아 집을 완성하면 된다. 천은 내키는 대로 꼴 수 있었다. 기둥처럼 팽팽한 천에 다른 천을 묶거나, 댕기를 딸 수도 있다. 나는 남이 이미 꼬아놓은 천 사이로 마음에 드는 천을 골라, 전보다 더 멋지게 벽면을 알록달록하게 만들었다.

내 앞에 누가 이 천을 꼬았을까? 천을 꼬는 단순한 행동을 계속할수록 앞서 천을 꼬았을 사람들이 마음에 쓰였다. 카메라가 이곳에 초점을 맞춰 타임랩스로 촬영한다면 서로를 알지 못하는 완벽한 타인들이 빠르게 오가며 줄을 꼬아 집의 벽을 채워가는 장면이 될 것 같았다.

　문득 삶은 누군가 시작한 것 위에 내가 뭔가를 더 얹어 채워가는 일이 아닐까 생각한다. 4남매 중 막내인 나는, 언니들과 오빠가 내게 좋은 시작을 많이 보여준 덕분에 어렵지 않게 성공에 이른 일들이 수없이 많았다.

　가족과 친구, 직장동료와 그 밖에 SNS 속 타인들까지, 나의 시작에 영향을 끼치는 사람들은 수없이 많다. 미지의 세계에 발을 들이는 일은 용기가 필요하지만 앞서간 누군가가 마련해둔 발판을 안전하게 밟으면 든든해진다.

지금의 나를 있게 해준 앞선 이들의 수고에 감사하는 마음이 들었다. 모든 것을 전부 나 혼자 이뤄낸 것 같은 착각에 빠지기 쉽지만, 사실은 누군가의 시작에 얹어 이뤄낸 것이니 말 그대로 숟가락만 얹은 나는 겸손해져야 한다.

앞으로도 내 삶은 '처음의 릴레이'를 이어가며 단단하고 풍성해질 것이다. 갑자기 힘이 났다. 천을 꼬다가 앞으로 나아가는 삶의 비밀을 체득한 사람처럼 기뻤다. 다시 호주에 가야겠다고 마음먹은 일도 내가 시작한 17년 전 과거에 현재를 얹은 일이었다. 이렇게 글을 쓰는 일도 누군가의 처음을 응원하기 위함이다. 20대에 살았던 호주를 아이들과 다시 찾은 나의 이야기가 망설이는 누군가에게 용기를 주기를, 이것이 누군가의 처음을 만나 또 다른 처음으로 이어지기를 간절히 바랐다.

도서관, 박물관까지 발길 닿는 대로 투어를 마치고 간단히 저녁을 때우기 위해 주말에만 열리는 컬렉티브 마켓에 들렀다. 은준이는 도넛 부스에서 파는 오레오쿠키맛 도넛과 로투스누텔라맛 도넛이 둘 다 먹고 싶었다. 동생에게 하나씩 먹자고 했지만 이미 회오리감자에 마음을 뺏긴 민하는 차갑게 거절했다. 결정을 내리지 못하고 망설이는 은준이를 보며 내 눈이 반짝반짝 빛났다.

"사장님, 실례지만 혹시 반반으로 주문해도 될까요? 아들이 둘 다 맛보고 싶다는데요."

도넛 부스 사장님은 잠시 고민하는 표정을 짓더니 흔쾌히 내 부탁을 수락했다. 다만, 앞에 주문이 밀려 있으니 조금 기다리라며 양해를 구했다. 암요, 당연히 기다려야죠.

그걸 본 아들의 표정이 심상치 않다. 또 낯선 사람에게 부탁했다고 잔소리 좀 하려나 싶어 인상을 쓴 아들에게 물었다.

"너 표정이 왜 그래? 엄마가 또 뭐 잘못했니?"

"아, 아니에요. 엄마, 그런데 엄마 혹시 천재예요?"

풉. 그래, 엄마는 천재야. 엄마는 유연한 사람인데 나쁘게 말하면 피곤한 사람이란다.

골드코스트행 기차를 타기 전 페리 위에서 아름다운 노을과 포개지는 스토리브리지를 감상하며 하루를 되돌아보았다. 생각할수록 신기하다. 하루 만에 이 모든 게 가능하다니, 혹시 브리즈번 시계탑이 우리의 시간이 느리게 흐르도록 마법을 건 게 아닐까? 집으로 돌아가는 열차를 타기 전 피곤할 법한 민하가 싱싱한 눈으로 나에게 물었다.

"엄마, 이제 우리 또 어디 가?"

너는 피곤하지도 않니? 우리는 7시부터 집을 나섰는데, 오늘 한 일이 이렇게나 많은데 피곤한 것은 나뿐이었다. 느리게 흐른 시간을 빠르게 통과한 시간여행자가 되어 엄마는 너덜너덜해졌다고 한다.

미리 준비한 선물

_ 천사를 만나면 줄 선물을 챙기자

Dear Sanila.

안녕하세요. 4103에 묵었던 쫌생이 여행자 Stella입니다. 메리톤 사우스포트에 머무는 동안 골드코스트에서는 제법 비가 왔어요. 시드니에 있을 때는 대부분 날씨가 좋았는데, 골드코스트는 날이 더워서인지 더 자주 비가 왔습니다. 감사하게도 메리톤 로비에서 빌려준 우산은 크고 단단해서 좋았습니다. 아이 둘과 비를 피하기엔 안성맞춤이었죠.

하루는 수영장에 가려고 아침 9시쯤 숙소를 나섰어요. 비가 제법 오길래 로비에서 우산을 빌리기로 했습니다. 한국에서 가져온 소형우산은 서퍼스파라다이스의 강풍에 산산조각이 났거든요. 그날 로비 당번은 매뉴얼대로 우산을 빌려주면서 디파짓 $50를 언급했습니다. 우산을 되돌려주기만 하면 상관없는 돈이라 알겠다 하고 감사히 우산을 받아 밖으로 나왔습니다. 크고 튼튼한 우산 덕분에 아이들과 비를 피해 수영장에 무사히 도착했어요.

즐겁게 수영을 마치고 나오니 어느새 비가 멈췄더라고요. 숙소로 돌아오는 길 출출해진 아이들과 Australia Fair에서 점심을 먹기로 했어요. 점심시간이라 그곳은 외식하러 나온 사람들로 가득 찼어요. 숙소와 가까우니 잘 아시겠지만 맥도널드며, KFC며… 다양한 푸드코트와 상점이 자리 잡은 이곳에 이 동네 사람들 전부가 모인 듯 붐볐어요. 앉을 만한 마땅한 자리가 없어, 일단 주문을 하고 자리가 날 때까지 서서 기다리기로 했어요.

KFC에서 아이들이 제일 좋아하는 윙 세트를 시켰습니다. 9조각에 $12밖에 하지 않아서 우리 가족이 애정하는 메뉴입니다. 호주에서 내내 다이어트 중인 저를 위한 너겟도 주문했고요. 마침내 빈자리가 생겨서 그곳에 자리를 잡고 주문한 음식을 배불리 먹었습니다. 기분이 좋아진 우리는 K마트며 Coles며 신나게 마트 투어를 했습니다. 아들은 한국에서 번역본이 출시되지 않은 156층 나무집 원서를 득템했고, 저녁에 먹을 음식들도 잔뜩 장 봐 Australia Fair를 나섰습니다. 아침과는 달리 한껏 화창해진 하늘을 바라보며 기분이 좋아지려던 찰나.

아… 아… 아…

제 손에 우산이 보이지 않는 겁니다. 그 순간 온통 머리가 하얘지고 숨이 막혀왔습니다. 제가 $50에 울고 웃는 쫌생이 여행자라고 처음에 말씀드렸던가요. 어지간히 당황했는지 아이들을 벤치에 남겨두고 허겁지겁 뛰었습니다. 아무래도 KFC 앞에서 자리를 기다리다가 잠시 가방을 올려두었던 그곳, 거기에 우산을 두고 온 것 같았습니다. 아직도 주인을 기다리고 있을지 모른다는 생각에 열심히 달려갔습니다. 이미 두세 시간은 훌쩍 지났는데. 그래도 혹시나 해서요.

예상한 대로 우산은 보이지 않았습니다. 이미 점심때가 훨씬 지난 터라 사람도 별로 없었고요. 청소하는 아주머니가 보여서 '까맣고 긴 메리톤 우산을 보셨냐?' 물어봤는데 고개를 절레절레 저었습니다. 지푸라기라도 잡는 심정으로 인포메이션 센터에 분실물을 보관하고 있는지도 물었지만 소득이 없었습니다. 만약에라도 발견하면 연락을 주겠다고 제 번호도 남겼는데 이후로 소식이 없었지요. 우산을 찾기 위해 제가 할 수 있는 모든 노력은 다 했습니다. 이제 제 마음속에는 그 우산을 들고 간 누군가를 향한 원망만 남았습니다. 찾으러 올지도 모르니 가져가지 말았어야지. 남의 물건에 손을 댄 그 사람, 꼭 벌 받기를 바랐습니다. 길을 걷다 누구라도 그 우산을 들고 있는 사람을 본다면 당장에 "제 우산 내놓으세요!"라고 말할 기세였습니다. Meriton 로고와 글씨가 써진 우산이 세상에 단 하나밖에 없을 리도 만무한데 말입니다.

빈손으로 되돌아온 저를 보며 아이들은 아쉬운 표정을 지었습니다. 귀여운 아이들에게는 쿨한 엄마인 척 말했습니다.

"걱정 마, 어쩔 수 없지, 괜찮아. 나중에 $50를 내면 돼."

아이들은 그 돈이 얼마나 큰돈인지 잘 모르는 것 같았습니다. 굳이 그걸 구구절절 설명할 필요도 없었지요. 그냥 누구라도 허탈한 내 마음을 좀 알아줬으면 했습니다. 한 순간의 실수로 오만 원이 날아간 느낌. 그 헛헛함. 내가 쫌생이어서가 아니라 그 돈이 정말 큰돈이고 너무 아까운 돈이라고, 누구라도 저를 위로해주길 바랐습니다. 어서 속상한 마음을 떨쳐내고 싶었습니다.

메리톤에서 2주를 더 머무는 동안 한 번도 우산을 빌리지 않았습니다. 빌리러 갔다가 잃어버린 우산의 정체를 들킬까 봐 두렵기도 했고 우산이 반드시 필요할 만큼 장대비가 내리지도 않았습니다. 웬만한 비는 간신히 모자로 피했습니다. 로비를 지나칠 때마다 디파짓을 내야 한다는 숙제가 마음을 무겁게 짓눌렀습니다. 피할 수 있다면 계속해서 피하고 싶었지만 결국 그날은 오고야 말았습니다.

체크아웃하는 날 말입니다. 이젠 별 수 없겠지요. 더 이상 피할 수 없는 날입니다. 나갈 때 저는 그 $50를 정산해야 할 것입니다. 어차피 가진 돈도 다 사이버머니 아닌가요. 내고 나면 자연스럽게 잊혀지겠죠. 그렇게 스스로를 위안하며 신용카드만 챙겨 먼저 로비로 내려갔습니다.

그곳에 당신이 서 있었습니다. 평소 엘리베이터에서 마주칠 때 유쾌한 농담을 던지던, 키가 크고 다소 무서워 보이는 인상의 당신이요. 약간 두렵기도 했습니다. 얄짤없겠군. 속으로 생각했고요. "4103호입니다. 오늘 체크아웃할 예정인데 정산할 게 있을까요?" 하고 물었을 때, 잠시 기다려달라며 컴퓨터 모니터를 확인하던 당신을 똑바로 쳐다보기 힘들었습니다. 우산을 물어볼 것이 분명했기 때문이죠. 호주머니 속 신용카드만 만지작거리며 고개를 떨구었습니다.

"오, 우산을 아직 반납하지 않았네요."

역시, 올 것이 왔습니다.

"아… 제가 아이들과 점심을 먹다가 그만 두고 온 것 같은데 다시 가 봐도 없더라고요. 누군가 가져갔나 봐요. 잃어버린 우산은… 아무래도 제가 보상해야겠죠?"

세상에 있는 아쉬움이란 아쉬움은 죄다 끌어 모은 표정으로 당신을 바라보는 제 스스로가 가여울 지경이었습니다. 당신은 매뉴얼대로 일하는 사람인데 이런 표정이 무슨 소용이 있겠어요? 궁색한 표정으로 머뭇거리는 저와 그 말을 들은 당신은 3초간 정지한 채로 서로를 바라봤습니다. 살짝 힘주어 치켜뜬 눈은 마치 제 마음속에 들어왔다 나간 사람 같았달까요. 입술을 오므리며 또 한 번 시선을 호주머니로 향해 신용카드를 꺼내려는 찰나.

"그냥 우산은 잊어버려요."

당신이 말했습니다. 제가 맞게 들었을까요? 영어로 직역해도 그 말이 맞았습니다. 그냥 우산은 잊어버리라는 말. 당신은 분명히 내 눈앞에 놓인 근심을 치워버리라는 손짓과 함께 그 말을 했습니다. 저는 머리를 비스듬히 기울이며 돈을 안 내도 된다는 말이냐 물었고, 당신은 큰 소리로 힘주어 말했습니다.

"YES!"

그 순간 당신도 나도, 웃으며 올라간 입꼬리는 내려오지 않았습니다. 우리는 잠시 마주 보며 실없이 웃었습니다. 그냥 당신이 알아서 하겠다고 했습니다. 처음부터 없었던 우산인 것처럼요. 그 말에 눈썹이 아래로 둥글게 내려오면서 환하게 웃던 제 표정을 기억하시죠? 그렇잖아도 이 숙소는 장기숙박자인 저에게 엄청난 할인 혜택과 쓰고도 남을 만한 어메니티를 챙겨줬는데. 커피 캡슐은 박스째로 주질 않나, 아이가 좋아하는 웰컴 드링크 우유도 여러 개 챙겨주곤 했었는데… 이제 우산 값도 안 받겠다고요? 당신은 혹시 천사인가요?

체크아웃을 위해 내놓을 건 스마트키밖에 없으니 차분히 짐을 챙겨 내려오라던 당신에게 제가 어떤 보답을 할 수 있을까요? 다시 한 번 고맙다고 말하며 4103호로 돌아가는데 문득 한국에서 챙겨 온 핸드크림이 생각났습니다. K-뷰티 좋은 건 아시죠? 심지어 제주도에서 자란 말의 기름을 첨가한 한정판 핸드크림입니다. 선물할 일이 있을지 몰라 챙겨 온 건데, 지금이 바로 그 순간이라는 걸 직감했습니다. 숙소로 다시 올라가 서둘러 짐을 챙겨 다시 내려오는 내내 기분이 좋았습니다. 쫌생이 여행자에게 $50가 굳었다는 건 이틀은 우려먹고도 남을 기쁜 소식이거든요. 메리톤을 떠나며 핸드크림을 건넸을 때 진심으로 고마워하던 당신의 표정을 잊지 못합니다. 로비를 나설 때 당신이 한 인사말도요.

"See you again!"

진심으로 제가 여기 다시 올 수 있을지 모르겠어요. 골드코스트는 24일로 충분한 도시였거든요. 제 작은 성의가 아직도 당신의 손을 부드럽게 만들고 있을까요? 핸드크림을 바를 때마다 $50를 안내도 된다는 사실에 기뻐하던 제 표정이 떠오를까요? 저에게 기쁨을 준 보답으로 선물한 핸드크림이 골드코스트 메리톤 사우스포트에서 일하는 당신을 1초라도 기쁘게 해주기를. 이미 아름다운 나라, 호주에 살고 있는 것만으로도 충분히 행복한 당신이겠지만 말이에요.

　우리의 겨울이 호주의 여름을 만나면

닥치고 사랑해

_ 아이들에게 고맙다고 말하는 일

내일이면 드디어 남편이 온다. 50일 만에 완전체가 되는 날. 굉장히 반가워야 하는데 기분이 종잡을 수 없이 뒤숭숭하다. 마음이 달기도 하고 짜기도 하다. 보고 싶고 간절했던 남편이 온다는 것은 찬란했던 우리의 여행이 끝나감을 의미한다. 여행이 끝나기 일주일 전, 남편이 골드코스트로 합류해 함께 시드니로 넘어가 시간을 보내고 귀국할 계획이었다. 영상통화에서 나눈 부자간의 대화가 섬뜩하게 들려왔다.

"아빠, 왜 지금 오는 거야?"

"응 너희들 데리러 가는 거지."

'데리러 간다'는 말. 문득 남편이 '저승사자'처럼 느껴졌다. 천국에 있던 우리를 현실로 데리고 가는 '현실사자'라고 해야겠지. 아이들도 나도 한국으로 곧 돌아가야 한다는 현실이 너무 아쉬웠다. 아이들은 늘 이렇게 말하곤 했다.

"아빠는 너무 보고 싶지만 집에는 가기 싫어!"

나도 아이들과 같은 마음이었다. 이런 아쉬움이 든다는 건 소심한 아줌마의 일탈이 너무 짧았기 때문일까. 현실과 남편의 눈치를 다시 봐야 한다는 마음은 마치 엄마가 정해준 게임 시간이 끝난 아들의 아쉬움처럼 납작했다.

우리 셋만 보내는 마지막 날을 기념하러 서퍼스파라다이스 해변에 왔다. 파란 하늘과 시원한 파도소리가 품고 있는, 숨 막힐 정도로 아름다운 해변에 비치타월을 깔고 앉았다. 의무도 계획도 없이 멍하니 앉아 일몰을 지켜본다. 이게 행복이지.

마음껏 자유로울 자유

해변에 도착해 모래를 밟은 순간부터 아이들은 축구공 하나로 신나게 놀기 시작했다. 그러다가 온몸에 모래를 뒤집어썼다. 저 모래는 간이 샤워기로는 잘 안 씻길 텐데… 쯧쯧. 예전 같았으면 잔소리에 잔소리를 더해 꾸짖을 상황인데 초연한 나를 보니 내가 많이 변했다는 생각이 들었다.

우리 가족은 해외로 종종 여행을 했다. 대부분 베트남, 괌, 발리, 방콕, 대만 등 6시간의 비행 시간을 넘지 않는 거리였다. 아이들은 걷기 시작하면서 비행기를 잘 탔고 잠자리도 가리지도 않았으며 물갈이를 하는 법도 없었다. 기호가 분명해서 여행을 위해 챙겨간 컵라면이나 인스턴트 음식도 잘 먹었다. 잘 먹고 잘 자는 아이들은 최고의 여행메이트였다. 녀석들이 호주에서도 잘해내줄 거라 믿었다. 호주가 제법 먼 나라이긴 해도, 어차피 거기도 사람 사는 곳이니 어떻게든 살아지 겠지 했다. 그런 마음으로 50일의 시간이 흘렀다. 상상 이상으로 무탈 하게 지내 준 아이들이 내겐 기적과도 같았다.

여행의 시작이 떠올랐다. 처음 인천공항에서 체크인을 마치고 출국 게이트를 통과하며 멀어져가는 남편의 얼굴도 떠올랐다. 생각지도 못 한 위험이 우리를 기다리고 있을지 모른다는 두려움 앞에서도 애써 태연한 척했다.

되돌아보면 이 두려움이 싫지만은 않았다. 정말 오랜만에 모험을 하 는 기분이었다. 내가 나 스스로에게 베팅을 했다. 어떤 위험이 생긴다 고 해도 40년을 살아온 내가 헤쳐나가지 못할 게 뭐가 있을까? 이 여행 은 나에게 있어 마흔의 시험과도 같았다. 합격하면 훈장을 달고 남은 여생을 단단하게 보낼 수 있겠다는 막연한 기대감이 있었기 때문이다.

합격을 위해 만반의 준비를 했다. 내 시간을 확보하기 위해 아이들 의 스포츠 캠프도 시간을 들여 검색했고, 시작부터 편안한 여행을 위 해 비용을 들여 비행기 좌석도 업그레이드했으며, 집요한 검색 끝에 우리에게 맞는 최적의 숙소로 예약을 마쳤다. 긴 시간 몰입한 호주라 이프 시뮬레이션 결과는 완벽 그 이상이었다. 내 삶을 변화시킬 배거본딩은 성공적이었고 50일의 시간은 버릴 것 하나 없는 추억들로 꽉 차서 터질 지경이었다. 그리고 지금, 내가 준비한 여행은 모두 끝이 났다. 내일부터는 남편이 함께하니 혼자만의 두려움도 끝났고, 시험도 끝났다. 긴장이 모두 연소된 이 시점에서, 나는 말할 수 없이 허탈해졌다.

모래 위를 뛰어다니며 제 뜻대로 안 해주는 오빠를 못살게 구는 민하와 공놀이에만 정신이 팔려 도망 다니는 은준이를 보니 다시 한 번 한숨이 나왔다. 호주에서 아이들과 지지고 볶던 시간이 주마등처럼 머리에 스쳤다.

"얘들아, 오늘이 우리 셋만 호주에서 지내는 마지막 날인 거 알아?"
큰 소리로 외쳤지만 밀려온 파도가 내 말을 삼켜버렸다.

그동안 아이들에게 하고 싶은 말이 너무 많았다. 너네 이렇게 공부도 안 하고 놀아도 괜찮니, 제발 모래 좀 던지지 말아줘, 햇볕이 강한 날에는 모자 좀 단단히 써줄래, 선크림을 그렇게 덕지덕지 바르면 안 되지, 샤워할 때 선크림은 꼼꼼히 지웠니, 일기는 일주일에 두 번은 쓰기로 하지 않았니, 밥을 그렇게 흘리고 먹으면 카펫 사이로 바퀴벌레가 태어나서 우리 얼굴 위로 지나갈 거야, 로션을 썼으면 뚜껑을 덮지 그래, 변기 물은 왜 안 내렸니, 이불 좀 덮고 자자, 옷은 왜 거꾸로 입니, 양치는 언제 할 거니, 수영 좀 그만해 몸이 다 불겠다, 자기 물건은 자기가 챙기는 거야, 앞 좀 보고 걷자, 사람 말 좀 끝까지 듣고 이야기 해, 라면 국물은 제발 옷에 튀지 않게 조심해줘, 남 탓 좀 하지 마, 넌 손이 없니? 등등.

혀끝까지 올라온 수많은 잔소리들을 다시 삼키느라 인고의 시절을 보냈다. 잔소리로 느끼지 않도록 꼭 필요한 말만 아껴서 했다. 아이들도 호주에서 보낸 시간이 숙제가 아닌 축제로 느껴지길 바랐기 때문이다. 내 잔소리가 티 없이 맑은 우리의 시간을 오염시키지 않기를 바랐다.

갑자기 아이들이 뛰어와 내 목을 조르고 매달렸다. 결국 모래가 내 입과 눈에 튀어 들어갔다.
"아! 진짜, 너희들 그만 좀 해!"라고 말하려는 순간,
벌떡 일어나 두 아이들을 차례로 꼭 껴안고 모래밭에 주저 앉았다.
"너희들! 엄마가 진짜 진짜 사랑해!"

웬 사랑 타령이냐며 눈을 크게 뜨고 깔깔깔 웃는, 내가 호주에 올 수 있게 해준 은인들아, 정말 고맙다. 너희가 아니었다면 내가 어떻게 호주에 왔겠니, 누가 여기서 나의 든든한 버팀목이 되어줬겠니, 너희들이 건강하게 잘 지내주지 않았다면, 해주는 음식을 잘 먹어주지 않았다

면, 밤에 잠을 잘 자주지 않았다면, 갑자기 아프기라도 했다면, 하루에 10킬로도 넘게 걸을 때 내 뒤를 졸졸 따라와주지 않았다면, 지도를 보느라 정신이 팔려 있는 엄마를 기다려주지 않았다면, 수영도 못하는 엄마를 원망했다면, 낯선 스포츠 캠프의 문턱을 넘지 못했다면… 이 작은 것에도 감사한 일들이 수없이 떠올라 눈물이 차올랐다.

아이들을 위해 챙겨야 하는 귀찮은 물건과 적잖은 비용에도 불구하고 아이들은 배거본딩의 완벽한 파트너였다. 우리는 서로 결점투성이어서 대등한 관계가 아니었을까. 아니, 수영도 못하고 지갑을 흘리고 다니는 허술한 나보다 훨씬 멋진 너희들에게, 내가 잔소리를 할 자격이 있을까. 나같이 부족한 엄마를 따라와준 것만으로 이렇게나 고마운데.

수많은 잔소리거리들을 상쇄하고도 몇 배나 남을 고마운 마음이 서퍼스파라다이스 해변으로 쏟아져 모래와 함께 흩날렸다.

고맙다. 부족한 엄마여도 나에게 태어나줘서,
내 아이들어서 너무 고맙다.

우리의 겨울이 호주의 여름을 만나면

마흔, 어떻게
살 것인가

마지막 산책

_ 정말 수고한 나에게

다행이다. 하늘은 맑고 구름 한 점 없다. 오늘이 마지막 날인데 흐렸다면 얄궂은 호주를 잔뜩 미워했을 것이다. 돌아가는 날까지 맑게 갠 시드니를 사랑할 수밖에 없다. 호주에 다시 온 게 엊그제 같은데 두 달의 시간이 쏜살같이 흘러버렸다. 야속한 시간 같으니.

하지만 처음부터 나는 알고 있었다. 이날이 머잖아 올 거라는 걸. 두 달의 시간은 그리 길지 않다는 것쯤은 마흔이 되면 누구나 안다. 돌아갈 날을 떠올리면 하루하루, 1분 1초를 헛되이 보낼 수가 없는 것이다. 우리가 죽음을 생각할 때 오늘을 귀하게 생각하듯 말이다.

단언컨대 후회는 없다. 이보다 더 최선을 다해 축제를 즐기긴 어려울 것이다. 모두의 최고가 아니라 나와 우리의 최선이었다. 그럼에도 불구하고 오늘 이 순간, 이 세상에서 제일 아쉬운 사람 1등은 분명히 나다. 시드니에 더 머무르고 싶어도 방법이 없다. 비자도 숙소도 항공편도, 모든 퍼즐이 오늘 내가 여기를 떠나는 것에 맞춰져 있다. 아… 어쩐지 벌써부터 생각만 해도 갑갑한 마음이 든다.

11개월 전 호주 왕복 항공권을 결제할 때 그날의 내 손가락이 원망스럽다. 어쩐지 결제 버튼에서 내 손가락이 심하게 떨리더라니. 좀 더 신중하지 못했던 스스로가 야속했다. 그 순간으로 다시 돌아갈 수 있다면 아이들 학업 따위는 무시하고 좀 더 과감하게, 무조건 6개월 이상 머무는 일정으로 비행기표를 예매할 것이다. 이미 두 달은 흘렀는데 후회가 무슨 소용인가. 6개월이라고 아쉬움이 덜했을까 생각하며 시간을 허투루 보내지 않으려 노력한 나를 칭찬했다.

어두운 호텔 방, 습관처럼 몸을 일으켜 나갈 준비를 했다. 침대 위 내 몸은 이제 깃털처럼 가볍다. 아이들은 여느 때와 다르지 않게 한밤중이다. 양말을 신는 나의 인기척에 남편이 잠에서 깼다.

"몇 시야?"

"여섯 시."

"산책하려고?"

"응. 마지막 날이니까."

"같이 갈까?"

"아니야, 나 혼자여도 괜찮아."

정말 나 혼자여도, 아니 나 혼자 걷고 싶었다. 두 달간 혼자 짝사랑한 호주에게 이별을 고해야 하니 혼자인 게 나았다.

"같이 가자, 마디그라 축제 때문에 이상한 사람들이 좀 있을지 몰라.”

고마운 남편은 피곤한 몸을 일부러 일으켜 나를 따라 나왔다. 아직 해가 다 뜨지 않아 그늘진 길은 묵직하고 차가운 공기로 가득했다. 낮이었다면 가장 붐볐을 시티 한가운데에 우리 호텔이 있다. 주말이라 그런지 사람은커녕 개미 한 마리도 보이지 않았다.

이제는 손바닥처럼 훤한 시티를 걷는 나를 남편은 뚜벅뚜벅 따라왔다. 트램이 다니는 길과 백작의 저택 같은 마틴플레이스 광장을 지나쳐 걸었다. 나는 마음속으로 아름다운 자태를 뽐내는 건물 하나하나와 이별 세리머니를 했다. 이 길에 길들여질수록 더 이상 새롭지 않으니 사진을 찍고 싶다는 생각도 처음만큼 자주 들지 않았다. 이미 내 휴대폰 속 만 장에 가까운 사진과 영상으로도 충분했다. 시드니에 익숙해진다는 것, 이 아름다운 도시에 내가 감히 익숙해졌다고 말하는 게 좀 무례하다는 생각이 들었다.

트램 역으로는 대여섯 정거장 정도 되는 거리이지만 축지법 수준의 산책 레벨이 된 나에게 서큘러키는 이제 먼 거리가 아니다. 오페라하우스와 하버브리지가 방긋 웃으며 말한다.

‘이곳은 호주의 아름다운 도시, 시드니입니다.’

조깅하는 사람, 개와 산책하는 사람이 보이기 시작했다. 그 즉시 아침을 깨우는 사람들을 남편에게 소개했다.

“저 사람들이야, 아침의 에너지를 듬뿍 나눠준 사람들.”

"그러네, 이 여유가 참 좋다. 우리 호주에서 살까?"

어차피 텅 빈 농담이라는 것, 잘 안다. 남편은 한국의 모든 걸 접고 호주에서 새롭게 시작할 위인은 못 된다. 모험은 즐기지만 터전까지 바꿀 만큼의 호기는 없다. 그건 나도 마찬가지다. 다만 남편이 떠나자고 하면 두말 않고 '그러자!' 외칠 수는 있다. 혹시 남편도 그걸 내게 바라고 있는 건 아니겠지?

올 때마다 인파로 가득했던 오페라하우스 포토존에는 이른 아침 우리 둘뿐이었다. 횡재한 듯 우리는 번갈아가며 사진을 남겼다. 새벽의 여유가 사진에도 스며들었다.

"여기에 우리밖에 없다니, 믿을 수 없어!"

걸음 속도를 늦추며 남편에게 오페라하우스 실내가 어떤 모습이었는지, 우리가 오페라하우스에서 공연을 보던 날 은준이가 얼마나 진지했는지를 말해줬다. 오페라하우스를 한 바퀴 빙 둘러 걷다가 보타닉가든으로 빠져나와 주립도서관으로 난 길을 따라 걸었다.

여러 번 걸었던 이 길을 마지막으로 걸으며 남편도 모르게 눈물을 훔쳤다. 호주에서 마지막 새이버링일지도 모른다. 정말 벅찼다. 내가 해냈다는 이 느낌이 너무 행복해서 눈물이 났다. 남편이 따라오지 않았다면 하이드파크 벤치 어딘가에 앉아서 나는 소리 내 울었을 것이다. 잘했다고, 마흔까지 건강하게 잘 버텨온 나에게, 정말 수고했다고 말했을 것이다.

 이 여행의 목적은 처음부터 그것이었다. 마흔의 나에게 주는 선물. 지금 남은 것은 만 장의 사진이 전부지만 사진에 녹인 추억과 감동을 평생 소유하며 살 것이다. 쉰이 되어도 이만큼 체력이 따라줄지 모르겠지만 앞으로 가능하다면 아주 많이 배거본딩을 하고싶다.

 하이드파크에서 매일 아침 조깅을 하겠다는 약속도 지켰다. 과거에 호주를 더 알차게 살아내지 못했다는 아쉬움은 이제 깡그리 사라졌고 그 누구보다 호주를 잘 만끽했다는 생각에 충만해졌다. 한국에 돌아가서도 내 영혼은 한동안 이곳에 남을 생각이다.

 호주의 마지막 산책이었다.

마흔의 반격

_ 이제는 좀 다르게 살고 싶은 마흔

호주에서 지낸 두 달과 과거의 삶을 비교할 때 가장 큰 차이점은 '책임으로부터의 자유'다. 직장에서 나의 위치, 학부모로서 챙겨야 할 최소한의 일, 식사부터 집안일까지 먹고사는 데 필요한 살림, 아내로서 역할, 4남매의 막내로서 역할, 맏며느리로서 역할, 짬짬이 챙겨야 하는 가족의 기념일과 경조사, 나 자신의 몸과 마음을 돌보는 일까지, 끝없이 늘어난 많은 책임들로부터 두 달간 자유로웠다. 자발적으로 확보한 자유 덕분에, 책임은 옵션으로 선택할 수 있었다. 두 달간 내가 선택한 책임은 단 두 가지였는데 그것은 바로 '엄마로서 역할'과 '나 자신을 돌보는 일'이었다.

그것은 마흔의 반격이었다. 나는 '모든 책임에서 정지!'를 외쳤다.

나의 부재가 크든 작든 영향을 미칠 수 있는 모든 반경에 고했다.
'내가 호주를 두 달 동안 갈 계획이니…'

시차라고 해 봐야 고작 두 시간인데, 호주에 머무는 동안 나에게 일상의 안부를 묻는 지인의 수가 현저히 줄었다. 가족도 마찬가지였다. 24시간 인터넷이 터지는 호주였지만 한국에서 수천 km 떨어져 있다는 이유로 나는 먼 사람이 되었다. '자발적 고립'이라고 해야 하나, 처음엔 어색했지만 이 생활이 점차 적응이 되어 편안함을 느꼈다.

내가 호주에 갔다고 해서 달라지는 건 아무것도 없었다. 가끔 허전하다고 투덜대는 엄마와 언니들 외에 나의 부재는 누구에게도 불편을 주지 않았다. 지인의 생일, 주워듣는 결혼과 부고 소식, 가족들의 일상에 생기는 크고 작은 불만거리, e알리미 앱을 통해 전달되는 아이들의 학교행사나 과제는 가볍게 무시했다. 시간과 마음을 쓰면 호주에서도 챙기고 돌볼 수 있는 일이었다. 그러나 두 가지 책임에만 온전히 집중하기로 마음먹은 이상 그 외의 책임들에 내 시간과 마음을 쓰지 않기로 단단히 마음을 먹었다. 호주의 시간은 유한했기 때문이다.

내가 한국에 없어도 별일이 일어나지 않았다는 건, 내가 가진 책임들을 좀 덜어내도 괜찮다는 뜻이 아닐까. 이 생각은 나를 리셋(Reset)하게 만들었다. 우선순위도 없이 덕지덕지 들러붙은 책임들로부터 나를 떼어내 다시 시작해보는 것이다.

책임으로부터 자유를 택한 나는 마른 종이와도 같았다. 원한다면 어떤 자극도 흡수할 준비가 되었고, 무엇이라도 받아들일 시간과 마음의 여유가 있었다.

이 여유로 나와 아이들에게 모든 에너지를 집중했다. 이 초능력에 주어진 시간은 단 두 달, 주사위는 매일, 원한다면 얼마든지 던질 수 있었다. 하는 말, 가는 곳, 머무는 시간, 교통수단, 사는 물건, 먹는 음식…. 선택이라는 범주 내에서 우리가 용기 낸 모든 사건의 결과는 주사위의 숫자가 결정했다. '1'이 나올 때도 '6'이 나올 때도 있었다. '1'이 나왔을 때는 아쉽지만 한 개라도 얻었다고 감사했고, '6'이 나올 때는 횡재한 기분이었다. 그 외에 어떤 숫자가 나와도 '0'은 아니었기에 소득이 있었다.

예컨대 딸의 생일을 앞두고 리셉션에 생일축하 이벤트가 있는지 문의했다. 장기투숙객을 위해 호텔같은 레지던스에서 이벤트를 열어주지 않을까 희망을 갖고 주사위를 던져본 것이다. 내 문의에 검토해보겠다던 매니저는 딸의 생일 아침에 샴페인과 풍선 이벤트를 보냈다. 아이의 취향을 정확히 반영한 초콜릿 세트와 스쿼시를 선물로 들고 나타난 직원의 깜짝 이벤트 덕분에 한국의 친구들과 생일파티를 못한 딸의 아쉬움을 달랠 수 있었다.

부탁하는 일은 늘 어렵지만 나는 상대방의 힘을 인정하고 추켜세우며 진심을 담아 묻는다. 그러면 좋은 사람들은 진짜 좋은 것을 공짜로 내어준다. 거절 뒤에 오는 씁쓸함은 잠깐일 뿐이다. 문득 얼굴이 두꺼워지는 것은 마흔이 주는 복지가 아닐까 생각된다. 그렇다면 반드시 누려야 하지 않을까.

골드코스트 수영장에서 아이들의 레벨에 맞는 수모를 공짜로 받은 일, 시드니대학 로고가 새겨진 물병을 공짜로 받은 일, 드로잉 클래스를 공짜로 체험한 일 등 주사위를 던질 때마다 기쁜 일이 차곡차곡 쌓여갔다.

소소하지만 이런 경험들은 내가 운이 좋은 사람이라고 느끼게 해주었다. 어디선가 들은 말인데 운이 좋은 사람은 자신이 잘할 수 있는 분야로 가능성이 높은 일에만 도전하는 사람과, 될 때까지 포기하지 않고 도전하는 사람을 일컫는 말이라고 했다. 나는 이 말의 의미를 잘 알 것 같았다.

저녁 8시는 넘어야 해가 지는 여름의 호주에서 카페나 미술관, 도서관 등은 5시면 문을 닫았다. 5시 이후 대낮같이 밝은 저녁에 숙소에만 있기는 아까워 주사위를 자주 던졌다. 일몰이 절정인 시간, 우리 셋은 하버브리지를 건너며 숨 막히게 아름다운 시드니의 절경을 마주했다. 일단 나가자며, 시원한 하이드파크에서 돗자리를 깔고 앉아 아이들의 공놀이를 지켜보거나 텀바롱 놀이터에서 땀이 날 때까지 놀기도 했다.

껌딱지처럼 붙어 다니던 아이들과 쉴 새 없이 주고받은 대화는 서로에게 위로와 격려가 되는 말이 대부분이었다. 매일 밤 침대에서 아이들에게 잔소리 대신 던진 축복의 말 주사위는 큰 위로가 됐다.

"얘들아!"

"왜요?"

"사랑해, 부족한 엄마를 따라와줘서 고맙다."

"아니에요, 엄마가 더 고생했어요. 엄마 고마워요. 우리가 이런 경험을 해볼 수 있게 도와줘서."

아이들은 매일 잠들기 전 이 말을 듣고, 하고, 잠들었다. 가끔 아이들은 수고한 나를 쓰다듬거나 안마를 해줬다. 어린것들에게 받는 위로의 힘은 상상을 초월했다. 나는 더욱 자주 아이들에게 좋은 말을 베풀었다.

"네가 아니었더라면 엄마는 죽을 뻔했어."

"이렇게 할 수 있다는 건 어른인 나도 힘든데, 너희들이 엄마보다 훨—씬 낫다."

"엄마도 몰랐던 건데 너희들 덕분에 알게 됐어, 고마워."

"하지 않아서 모르는 거야. 못하는 게 절대 아니고, 시간을 들여 노력하면 뭐든 할 수 있어. 이것 봐, 호주에 왔잖니!"

"실수는 나쁜 게 아니야, 실수를 인정하지 않고 반복하는 게 나쁜 거지, 실수를 해야 배우고 더 잘하게 되는 거야!"

사실 이런 말 주사위는 던지고 나서 나오는 숫자를 즉시 알 수 없다는 게 함정이다. 많이 던졌지만 결과가 바로 보이지 않는 주사위. 그러나 나는 안다. 시간과 마음과 정성을 들여 끊임없이 던진다면 아이들은 단단한 어른으로 성장할 것임을.

거짓말 같은 두 달의 시간이 끝나고 한국에 돌아오니 산더미처럼 쌓인 책임들이 나를 기다리고 있어 적잖이 놀랐다. 어느 정도 예상은 했지만 앞서 말한 책임들에 다시 익숙해지기까지 두어 달의 시간이 걸렸다. 뻑뻑한 지퍼를 살살 올리듯 책임들을 천천히 가져왔다. 아이들의 학업과 살림을 돌보고 사람에게 마음을 쓰느라 주사위를 던질 마음의 여유가 현저히 줄었다. 시간에 쫓겨 단 한 번도 주사위를 던지지 못한 날은 호주에서 던졌던 수많은 주사위가 떠올라 괴로웠다.

과거에는 주사위의 주도권이 나에게 있는지 몰랐다. 내 차례가 되어야 하거나 운이 좋아야 던질 수 있는 것이라 생각했고, 남들이 던지는 것을 그저 부러운 눈으로 바라보기만 했다. 그러나 책임을 리셋하고 떠난 배거본딩을 통해 주사위의 주도권이 나에게 있고, 던져서 나온 수만큼 내 삶이 앞으로 나아간다는 것을 분명하게 인식했다.

영화 〈쥬만지〉에서 주인공이 주사위를 던진 순간, 멈출 수 없는 게임이 시작되는 것처럼 나의 삶도 그렇다. 주사위는 곧 내 마음가짐이고 모든 나아감은 멈추지 않는다는 의미이다. 실패하더라도 그것은 오답을 발견할 기회이므로 나아감과 같은 의미가 된다. 나는 앞으로 체력이 허락할 때까지 부지런히 주사위를 던질 것이다.

기대하시라. 내 마흔의 반격을.

행복을 위한 새로운 우선순위

_ 나 자신에게로 향하는 길

자녀를 키우면서 갖게 된 맹목적인 믿음이 있다. 모든 인간은 자신만의 달란트*를 반드시 갖고 태어나며 내 아이들도 각자의 달란트를 갖고 세상으로 보내졌을 것이라는 믿음. 그렇다면 아이들이 알을 깨고 달란트를 발견할 수 있도록 돕는 일이 부모의 중요한 역할이 아닐까 생각한다.

(*달란트: 고대 그리스 화폐에서 유래한 말로 영어로는 재능(Talent), 타고난 능력을 뜻하는 말)

그렇다면 나는? 나에게도 그런 달란트가 있을까? 마흔쯤에는 내 달란트가 삶을 단단히 버티고 있을 줄 알았다. 그러나 지금 무엇이 나를 버티고 있는지 확실히 말하기 어렵다. 먹고사는 일로 지금의 삶을 계속 이어나가는 것이 과연 내 삶의 상한선일까?

만약 내 삶의 달란트를 발견하지 못했다면 본격적으로 방황을 시작하고 길을 잃어보자. 낯선 곳에서 내 삶을 저울 위에 올려두고 나를 끌어당기는 곳으로 한없이 기울어보자. '여행은 쉽이다'라는 고정 마인드

셋을 떨치고 '여행은 삶을 바꾸는 노력이다'라는 성장 마인드셋을 가져 보자. 어차피 우리의 삶은 위험천만한 바다를 항해하는 일 아닌가. 되 돌아보면 내 목숨은 하나지만 나의 관심과 머무는 장소, 연령과 지위 등에 따라 나는 여러 개의 인생을 살았다. 자식으로, 학생으로, 워킹홀 리데이를 온 휴학생으로, 직장인으로, 엄마로 살아 온 인생들. 그런 식 으로 생각하니 죽는 날까지 내 삶에는 몇 개의 인생이 남아 있을지 궁 금해졌다. 내게 남겨진 인생 중 나의 달란트를 발견한 인생도 있을까?

배거본딩을 시작하고 나는 혼자인 시간에 무엇을 하고 싶은지 마음 가는 대로 기울어보기로 했다. 나는 호주에 있다는 사실을 흠뻑 느끼 고 싶었다. 매일 15km도 넘게 낯선 거리를 걷고 걸었다. 혼자 걸었지 만 결코 외롭지 않았다.

독일의 철학자 쇼펜하우어는 고독은 진정한 생각과 창조성이 발휘 되는 자리이며, 인간은 혼자 있는 동안에만 자신을 발견하고 성장할 수 있다고 했다. 나는 자발적 외톨이가 되어 17년 만에 처음으로 나와 가장 긴 시간 대화를 나눴다. 나를 괴롭게 하는 게 무엇인지 들여다보 고자 마음속 계단을 하나씩 내려갔고, 여행 끝에는 남은 인생을 행복 하게 살기 위한 삶의 우선순위들이 내 손에 쥐어져 있었다.

1. 삶에 필요한 것만 남기자.

호주 두 달 살기에 가져간 물건은 28인치, 30인치 캐리어 두 개가 전부였다. 그나마 가져간 두 개의 캐리어 중 한 개의 캐리어 속 물건만 실제로 쓸모가 있었다. 나머지 한 개에는 필요할지도 모르는 물건과 쇼핑한 물건으로 채워져 있었다. 나는 멍하니 앉아 두 개의 캐리어를 응시하며 생각했다.

'만약을 위해 지금을 너무 무겁게 살고 있구나.'

나의 정체성을 '내가 소유한 것'으로 정의하며 살아왔던 것은 아닐까. 집에서 잘 때 입는 옷이 돼버린 티셔츠, 아이의 장난감 보관용으로 전락한 파우치, 피크닉용으로 샀지만 먼지 쌓인 라탄백 등 처음 이 물건들이 내 것이 됐을 때 나는 무척 설레었을 것이다. 그러나 시간이 흐를수록 그 물건을 향하는 내 마음이 처음 같지 않게 되었다. 쓰기는 좀 그렇고 남 주기엔 아까운 시시한 물건들은 집의 공간만 차지하고 버리지도 못하는 짐짝이 돼 있었다. 나는 그 물건과 함께 사는 일이 버거웠다. 집에서 쉴 때도 그 물건에 시선이 머물면 피로감을 느꼈다.

내 삶에서 나를 무겁게 누르는 것이 무엇일까를 골똘히 고민했다. 과거에는 먹고사는 일로 바빠 이런 고민에 시간을 들이는 것이 사치라 느껴져 답을 미뤘다. 그러나 작정하고 나에게 집중한 시간 덕에 나는 그 질문에 답할 수 있게 되었다.

나는 소유한 것이 많아 버거웠다. 인간관계를 욕심내니 그들을 챙기고 살펴야 한다는 부담이 무거웠고, 순간의 필요를 초과하는 물건을 사서 쟁이니 서랍은 터질 것 같았다. 막상 먹을 것도 없는 냉장고에는 빈 공간이 없었고, 입을 것도 없는 옷장은 미어터질 것 같았다.

멀찍이 팔짱을 낀 채로 덜어낼 것과 남길 것에 대한 고민을 시작했다. 인간관계와 집으로부터 멀어져, 타인과 물건에 시간을 들이지 않아도 되는 제로의 상태에서 이 고민은 효과가 있었다. 덜어낸 뒤의 홀가분함과 남길 것의 소중함을 떠올렸다. 한국에 돌아오자마자 다짐이 증발하기 전에 정리를 시작했다. 중고거래는 물론 가족과 지인에게 내 물건을 나눴다. 집에 물건을 이고 지고 사시는 우리 엄마는 내가 멀쩡한 물건들을 떠나보내는 모습에 제정신이 아닌 것 같다고 하셨다.

호주에서 아이들은 방귀쿠션과 생수병 세우기만으로 한 시간 넘게 놀곤 했다. 지금 아이 방을 빼곡히 채우고 있는 장난감들을 보고 있으면, 잘 입지 않는 옷으로 가득한 내 옷장을 보는 기분이다. 나는 잘 비우는 사람이 되어 아이들에게도 이 태도를 물려주고 싶다. 더 중요한 것에 집중하기 위해 덜 중요한 것을 과감히 버릴 줄 아는 마흔 이후를 살고 싶다.

2. 나에게는 자유의지가 있다.

인간은 하루 평균 150회의 선택을 한다고 한다. 태어난 이후로 내가 내린 선택이 지금의 나를 만들어왔다. 이제껏 내가 내린 선택들을 의심해본 적이 있는가?

니체는 기존의 관습과 굴레를 벗어나 자유로운 정신을 가지게 된 존재를 초인이라고 했다. 여행 틈틈이 읽은 전자책인 장재형, 『마흔에 읽는 니체』에서 마흔에는 자유로운 정신을 가진 초인이 되어야 한다고 말했다. 과거에 관습적으로 혹은 직관적으로 내렸던 선택을 멈추고 다음과 같은 나만의 질문으로 선택을 위한 기준을 마련했다.

– 내가 이렇게 하는 것이 편안한가?

– 평소에 내가 생각하던 방향과 맞는가?

– 이것이 나와 우리 가족을 위해 옳은 일인가?

이 질문을 거치면서 나는 더 잘 거절하게 되었고, 선택의 기로에서 명확한 결정을 내렸다. 나에게 자유의지가 있다고 의식하면 게으름을 피우다가도 벌떡 일어났고, 나를 더 좋은 의도로 데려가는 방법도 찾을 수 있었다.

'지금 떠오르는 이 생각은 나에게 전적으로 유해하다. 나를 고통스럽게 하는 생각을 멈추고 지금 당장 중요한 일에 마음을 쏟자.'

'오늘은 할 일이 너무 많다. 이 일을 다 하면서 나를 혹사시키지 말고 덜어낼 방법이 없는지 먼저 찾아보자.'

'반드시 해야 할 일이라면 귀찮더라도 눈 딱 감고 해보자. 지금 빨리 시작하면 이따가 서두르지 않아도 돼.'

'지금 가르쳐주지 않으면 안 되겠다. 피곤하고 성가시지만 천천히 설명해주자. 아이에게 들이는 이 정성이 결코 헛되지 않을 거야.'

'습관처럼 보는 SNS 타임라인은 내가 팔로우한 세상이다. 그렇다면 나에게 좋은 영감을 주는 피드로만 다시 팔로우해볼까?'

자유의지를 분명히 인식하기 시작하면서 게으르고 무기력했던 나는 삶의 노예가 아니라 주인이 되어가고 있었다.

3. 새이버링하고 감사하자.

새이버링(Savoring, 향유하기)은 음미하는 기쁨을 자각하며 의도적으로 행복감을 증폭시키는 태도를 말한다. 나는 이 단어를 안 이후로 삶의 나침반처럼 사용하기 위해 각종 온라인 공간에서 닉네임으로 사용하고 있다. 새이버링은 그만큼 나에게 중요한 리추얼이다. 예를 들면 이렇다.

'지금 내가 편안하다. 이 공간의 온도와 이 바람은 적당히 싱그럽다. 기분이 좋아지고 있다. 이 음악을 들으니 가슴이 두근거린다. 상대방의 저 미소가 나를 기쁘게 한다. 이 과일은 정말 탐스럽고 달다. 내가 지금 하는 일의 의미와 가치를 알고 있다. 나는 지금 목숨을 위협하는 걱정거리가 없다.'

워킹맘인 나는 주어진 책임들이 너무 많아 이런 리추얼에 시간을 쓸 수 없었다. 머릿속은 온통 저녁 메뉴와 내일을 위한 준비물, 해야 할 일들로 꽉 찼다. 그럼에도 늘 빠뜨리는 것이 많아 머리를 치곤 했다. 그러나 호주에서는 삶을 통틀어 짧은 시간 동안 가장 밀도 높은 새이버링을 했다. 설거지를 하다가도 기뻐서 히죽거렸고 마트에 갈 때도 감격스러워 발걸음이 가벼웠다. 말로만 가고 싶다던 호주에 내가 결국 오고 말았다는 사실은 나를 죽어도 여한이 없게 만들었다.

하이드파크를 걷다가도 실없이 울었고, 내 마음을 정확히 꿰뚫어 본 글을 읽다가 울었고, 나에게 꼭 필요한 인연을 보내신 신의 은총에 감사하며 울었다. 지금도 그 순간들을 떠올리면 울컥해진다. 나는 왜 그토록 눈물이 났을까?

새이버링 덕분이다. 나를 기쁘게 하는 '바로 지금'에 의미를 부여하는 순간, 그것은 나에게 주는 선물로 다가온다. 갑자기 많은 새이버링을 하면서 과분한 선물을 받아 감동이 밀려왔기 때문에 눈물이 난 것이다. 감사할 일이 많으면 내가 운이 좋은 사람이라 여기게 되고 무엇이든 해낼 수 있다는 자신감이 생긴다.

아이들에게 나눈 새이버링도 효과가 있었다. 지금 하는 일의 의미를 분명하게 전달하고 감탄사를 크림처럼 얹어주면 카스테라도 근사한 케이크로 변신한다. 예컨대 '이 시간에 여기 있어서 이걸 볼 수 있는 우리는 정말 운이 좋아.', '어떻게 그런 생각을 했어? 너 천재 아니니?', '너희들 덕분에 이렇게 좋은 곳을 발견했어.' 등의 말을 해주면 아이들은 아무 생각이 없다가도 내가 던진 새이버링에 '정말 그렇네요?' 하면서 어깨가 으쓱해졌다.

프랜시스 젠슨, 에이미의 저서 『10대의 뇌』에서 청소년기의 뇌는 아동기의 뛰어난 시냅스 가소성*을 이어가고 있기 때문에 학습과 기억도 빠른 속도로 이루어지며, 잘못된 것을 학습할 위험에도 대단히 취약하다고 했다. 언어는 아이들의 사고를 지배하여 세상을 바라보는 관점을 결정한다. 연약한 아이들에게 부정적인 인식이 비집고 들어와 그것이 세상을 바라보는 관점으로 자리 잡기 전에 성숙한 어른의 말로 아이들의 사고를 붙들어야 한다. 또래와의 유대보다, 좋은 언어를 쓰는 성숙한 어른을 만나는 경험이 아이에게 더 중요한 이유다.

(*시냅스 가소성: 학습에 의해 시냅스에 일정한 변화가 생기는 것)

가끔 내 친구들에게 새이버링을 쏟아내면 '넌 참 감정이 풍부해.'라며 웃어넘기지만, 때 묻지 않은 아이들에게는 태도를 변화시키는 결정적인 역할을 할 수 있다. 같은 상황을 마주해도 마음가짐이 다르면 그 결과는 놀라운 차이를 만들어낸다. 낯설고 두려운 스포츠 캠프를 설레는 캠프로 바꾼 일이나, 오페라하우스에서 오페라를 관람한 일을 평생 간직할 소중한 경험으로 여기게 된 것은 의미를 부여해 태도를 변화시키는 새이버링의 힘이다.

나의 새이버링이 아이들에게 어떤 영향을 미칠지 낱낱이 추적할 수는 없겠지만, 인생이라는 바다를 무사히 항해하는 데 등대가 될 것이라 믿는다. 삶에서 일어나는 모든 사건은 의미가 있으며 그 의미는 그 속에서 보물을 찾아낸 사람의 몫이다. 시간이 휩쓸어갈 소중한 순간들을 붙잡아 내 것으로 만드는 마법의 리추얼을 나는 계속 이어나갈 것이다.

4. 지혜로운 반려자를 만들자.

비로소 '힘들 때 나에게 질문해!'라고 말하는 든든한 반려자가 생겼다. 바로 나 자신이다. 나의 어떤 고민과 불안에도 척척 처방전을 내밀 수 있는 내가 되려면 어떻게 해야 할까?

책은 지혜의 숲이다. 내가 헤매더라도 사방에 지혜가 널려 있다. 책을 쓰려고 하니 양질의 책 한 권에 응축된 지혜와 노력의 양이 얼마나 방대한지 조금이나마 알 것 같다. 책에는 한 사람의 평생이 들어있고, 비싼 강의료를 내야 들을 수 있는 지식이 간결하게 정리돼 있다. 공자, 소크라테스, 칼 세이건 등 시대를 뛰어넘는 삶의 진리를 체득한 사람을 책으로 만나는 일은 행운이다. 좋은 책을 읽다 보면 어떤 대목이 나의 경험과 만나 다급한 이끌림을 느낀다. '이건 뭔가 중요한 말이다!' 정확한 위로와 공감을 받은 내 마음은 책의 한마디로부터 삶에 등대가 될 지혜를 세운다.

책에는 해답이 있다. 인간관계에서 고민일 때 '외로워도 괜찮다'고 말해주고 실패로 괴로울 때 '실패없는 성공은 없다'고 격려한다. 육아가 지칠 때는 '아이는 생각보다 강하다'며 부담을 덜어주고, 돈 때문에 괴로울 때는 미니멀라이프를 내세워 돈의 쓸모를 다시 생각하게 한다. 외로움을 느낄 때는 '외롭다면 잘 살고 있는 것이다'고 용기를 주고, 자존감이 떨어졌을 때에는 노력과 끈기로 성공한 이들의 비밀 같은 노하우를 읽으면 다시 일어설 힘이 생긴다. 책보다 든든한 멘토가 또 어디에 있을까!

나의 든든한 친구가 나라면, 아이들의 든든한 멘토는 내가 되어야 한다. 나는 책에서 얻은 지혜와 공감을 아이들에게도 물려주고 싶다. 놀고 싶어 하는 아이들에게 독서를 종용하기보다는, "엄마가 책에서 읽었는데…"로 시작하는 대화를 많이 나누는 북커뮤니케이터가 되고 싶다. 순수하고 어여쁜 내 아이들이 엄마가 주는 건강한 지혜를 받아 먹으며 무럭무럭 자랐으면 좋겠다. 늘 책을 가까이하며 나와 아이들에게 언제든지 처방전을 내밀 수 있는 지혜로운 사람이 되고 싶다.

지금까지 배거본딩을 통해 깨달은 행복을 위한 나만의 우선순위를 정리해보았다. 노벨상 수상자들의 평균 나이는 40대 초반이라고 한다. 만일 내가 상한선을 살 수 있다면 곧 노벨상 정도는 받아야 할 나이가 아닐까. 나는 무엇을 이뤄낼 수 있는 사람일까. 나에게 예비된 달란트를 발견할 때까지 삶의 우선순위를 붙들고 나 자신에게로 향하는 길을 묵묵히 걸어야겠다.

두 번째 호주가
나에게 선물한 인생

한동안 글을 쓰며 호주앓이를 하느라 몸은 한국에 있어도 정신은 호주에 가 있었다. 당장이라도 문밖을 나서 타운홀 앞을 어슬렁거린다 해도 하나도 이상하지 않을 만큼 나는 호주에 물들어 있었다. 여행이 끝난 지 5개월째, 나는 어떤 사람이 됐을까?

여전히 내 목소리가 잘 안 들리는 아이들에게 소리를 빽빽 지르기일쑤고 쓸고 닦는 집안일에 꿉꿉한 장마까지 얹어져 불쾌지수가 정점을 찍었지만, 여행이 만들어낸 내 삶의 우선순위가 나를 버티고 있어 마음은 예전과 달리 가볍고 명랑하다. 아직도 버려야 할 물건들과 비워야 할 마음들이 번호표를 뽑고 대기 중인 데다가, 누가 시키지도 않았는데 부지런히 쓴 글을 좋은 책으로 엮어야 한다는 행복한 부담감에 시달리고 있다. 고무적인 것은 과거와 달리 나는 온전히 나에게 집중하고 있다는 사실이다.

이제 도망치지 않고 당당하게 마흔 너머의 인생을 마주할 수 있겠다는 자신감이 생겼다. 게다가 지혜를 나누는 예쁜 할머니로 늙고 싶다는 꿈도 생겼다. 손님이 찾아오면 따뜻한 차에 마들렌을 대접하며 근래의 힘든 일을 털어놓고 가라고 할 것이다. 볕이 좋은 발코니에서

책을 읽거나 나만의 힐링 서랍에서 여행 사진들을 꺼내 그리움을 만 끽하고 싶다. 그런 나를 상상하니 늙는 게 별로 두렵지 않다.

인생에는 정답이 없으니 엎치락뒤치락 내 삶도 안달복달하겠지만, 그때마다 글감으로 나를 기꺼이 따라와준 아이들을 떠올리며 책 속 마흔 살 배거본딩의 의미를 곱씹어봐야겠다.

내 삶의 참 주인이신 하나님께 감사드립니다.

부록 1) 여행이 풍요로워지는 팁

기본적인 준비물을 제외하고, 요긴하게 사용한 준비물과 알아두면 좋을 정보들

여행 전 도움이 되는 준비물

1. 린넨 타월: 비치에서 돗자리, 물놀이 후 타월로 활용하기 좋음
2. 안 쓰는 K-뷰티템: 여행 중 고마운 현지인에게 선물
3. 알로에 수딩젤&화상연고
4. 선크림 클렌징용 대용량 오일
5. 장기 체류 시 눈썹칼(호주는 비쌈)
6. 휴대폰 고리(이동 중 구글맵 볼 때)
7. 스쿨홀리데이 도시락 물병, 도시락통, 글래드랩, 비닐장갑, 물티슈
8. 목걸이 명찰: 교통카드, 엄마연락처 적은 메모지를 넣어 아이 목에 걸고 다님
9. 휴대용 우비: 겉옷과 우비의 역할을 함
10. 방수밴드: 비치나 수영장 이용시
11. 스트링 모자: 비치에 가거나 페리 탈 때 바람이 거세 스트링 필수
12. 아웃도어 전용 세제: 수영복 세탁용
13. 플라스틱 빨대: 종이 빨대는 번거로움
14. 코인육수: 만능 요리재료
15. 야외 바비큐용 호일
16. 요리를 많이 할 경우 칼갈이, 고무장갑, 다회용 행주 등 챙기면 좋음

현지에서 도움이 되는 정보

1. 마트 영수증 체크: 일정 금액 이상 구매 시 영수증에 딸려 나오는 쿠폰 체크(보틀숍 할인, 커피무료쿠폰 등)
2. T2홍차숍 현장가입 후 10% 할인
3. 네이버 머뭄호주여행 카페: 여행정보, 식재료나 물품 나눔 등
4. Unisex화장실과 샤워실이 있음, 성별이 다른 아이들을 함께 데리고 가도 무방함
5. 물이 반쯤 찬 생수병 세우기는 야외에서 아이들에게 최고의 놀잇감이 됨
6. 외식 후 포장 용기 재활용 가능
7. 행복한 순간은 사진보다 동영상 촬영 권장
8. 골드코스트에서 서핑은 상대적으로 파도가 약한 브로드비치를 추천
9. 천문대에서 바랑가루 쪽 일몰 추천
10. 공은 타운홀 울월스 2층 'BIG W' 문구점이 종류도 많고 저렴함
11. Dymocks서점은 구경거리가 많고 아이들이 좋아하는 핑크색 방귀쿠션을 살 수 있음
12. QVB 2층 복도 그랜드피아노 쳐보기
13. 마린타임뮤지엄 야외데크 어린이 체험공간 추천 (공예, 레고 등)
14. 아이들과 하버브리지 건너기

여행 초기에 아이들과 정한 원칙

1. 외출 후 양치, 샤워는 스스로 마칠 것
2. 외출 시 준비물 챙기고 선크림 바르기
3. 간식(음료 포함)은 1일 1회로 제한
4. 학습지 1장 ☞ 스마트기기 5분
5. 칭찬받을 때 보상: 라면 1회 쿠폰

자주 활용한 앱

1. 지도 Google maps
2. 날씨 Weatherzone
3. 교통카드 Opal Travel
4. 유심 My Optus
5. 택시 DiDi, Uber
6. 교통 TripViewLite
7. 체험활동 Eventbrite
8. 걸음기록 Pacer

부록 2) 한식파 아이들을 위한 호주 가성비 레시피

한식파 아이들이 잘 먹고, 비교적 저렴한 호주 식재료로 따라하기 쉬운 레시피

식재료

쌀: 한국만큼 쌀이 찰지지 않으나 Sun rice 사의 Austra lian Medium Grain Rice가 그나마 낫다. 메리톤에서 라이스쿠커를 대여해 밥을 지어먹었다. 불릴 필요는 없으며 때때로 반값 세일을 하기도 한다.

한국 식재료: 한인슈퍼에서 김밥김, 참기름, 참치, 갈비양념, 김치 등 구매해두면 든든하다. 냉동 밀키트도 살 수 있다.

라면: 한인슈퍼에서 살 수 있다. 신라면의 경우 울월스에서 할인 판매한다. 가격은 종류에 따라 5봉에 $4~$8 정도다.

계란: 마트에서 Free Range(방사형) 계란을 저렴한 가격에 판매한다. 탱탱한 맛이 일품이다.

소고기: 슬라이스 된 안심(Scotch Fillet)을 사면 구워 먹기 적당하다. 가격은 100g에 $4~$5 정도로 등심이나 갈비는 더 저렴하다.

Leg Ham: 베이컨보다 담백하고 기름이 적다.

부라타치즈: 한국보다 절반이상 저렴해 자주 먹었다.

울월스 스파게티면: 가격이 $1 내외로 고소하고 맛있다.

레바니즈 브레드: 한국의 플랫브레드로 가격은 $2~$4. 여러 장 들어 있어 샐러드랩, 피자, 카레 등 활용이 가능하다.

간단한 요리 레시피

스시: 소금과 참기름을 넣고 비빈 밥에 스팸, 계란, 참치, 아보카도 등 기호에 맞는 재료를 넣어 김밥을 싼다.

소고기찜: 소고기에 한인슈퍼에서 산 갈비 양념과 물을 붓고 센 불에 20분, 약불에 30분간 끓인다. 약불에 감자나 양파를 넣고 간간이 저어준다.

코인육수 계란탕: 두 공기 분량 물을 붓고 끓으면 코인육수를 넣은 뒤 계란을 두어 개 넣고 젓지 않는다. 30초 뒤 살살 젓다가 소금, 후추로 간해서 먹는다.

간단한 피자&랩: 레바니즈 브레드 위에 살라미, 모차렐라치즈, 파인애플 통조림, 토마토 등 기호에 맞게 올려 170도 예열된 오븐에 10분 구워 피자나 랩으로 먹는다.

Leg Ham을 이용한 만능 활용: 볶음밥, 파스타, 파니니, 토스트, 김밥 등 다양한 메뉴에 넣을 수 있다.

울월스 폭립: 야채와 함께 간편히 오븐 조리한다.

사워도우 프렌치토스트: 잘 푼 계란에 사워도우를 담가 팬에 굽는다.

울월스 로스트치킨: $11가량의 치킨 1마리면 밥과 곁들여 한 끼 식사에 충분하다.

미역국, 떡국 등: 소고기로 국을 끓여 밥과 곁들여 먹었다.

부록 3) 스쿨홀리데이 프로그램

구글에서 'School Holiday Sports Camp in Sydney' 와 같은 키워드로 검색하면 방학 중 하는 축구, 농구, 수영, 펜싱, 양궁, 테니스, 골프 등 스포츠 캠프가 조회된다. 주(state)마다 다른 스쿨홀리데이 기간을 확인하고 1-2주 전에 신청하면 된다. 내가 경험해본 두 가지 캠프를 아래와 같이 추천한다.

올림픽파크 종일 캠프

- 올림픽파크에서는 테니스, 농구, 다이빙 등 다양한 종목의 캠프가 열리는데 그 중 종일 캠프(All Day Holiday Recreational Program)를 선택했음
- 홈페이지 신청 가능, 온라인 결제
- 오전 9시 ~ 오후 4시
- 비용 1일 $65, 5일 $300
- https://www.sydneyolympicpark.com.au
  자세한 사항은 홈페이지에서 조회

- 장점: 수영뿐만 아니라 여러 가지 활동을 할 수 있고 연령별로 클래스를 나누지 않아 가족 참여에 적합
- 단점: 시티에서 대중교통 이용 시 약 1시간 소요됨. 수영 후 물로만 씻음
- 이메일 회신이 늦거나 없는 경우도 있음
- 직접방문 or 전화문의를 추천함

시드니대학 스포츠 캠프(SUSF)

- 시드니대학 스포츠센터에서 수영을 비롯한 축구, 펜싱, 테니스 등의 캠프가 열리는데 그 중 8살 딸은 피구와 같은 가벼운 신체활동 위주의 multi sports를, 아들은 축구를 선택했다.
- 홈페이지 신청 가능, 온라인 결제
- 오전 9시 ~ 오후 3시
- 비용은 종목에 따라 다르나 1일 $90, 3일 $205, 5일 $345

- https://susf.com.au/school-holiday-program/
  자세한 사항은 홈페이지에서 조회
- 장점: 시티에서 버스나 지하철로 20분 거리에 있고, 시설과 경치가 좋다.
- 단점: 1일 등록 시 비교적 비용이 비싸고 종목별 캠프 장소가 떨어져 있다. 축구는 주 3일만 진행한다.

부록 4) 메리톤 숙소 정보

메리톤은 호주 각지에 20개가 넘는 레지던스가 있고 시드니 시티에만 무려 5군데가 있다. 메리톤 레지던스의 최대 장점은 교통이 편리한 곳에 위치하고 있다는 점이다.

(시드니) 메리톤 Kent st.

- 타운홀 지하철역&트램역에서 5분거리에 있어 대중교통 이용이 편리하나 버스를 타려면 7~10분 정도 걸어야 한다.
- 달링하버와 텀바롱 놀이터, 패디스마켓, 하이드파크 등이 도보 10분 거리에 있다.
- 대형 마트가 5분 거리에 있어 편리하다.

- 실내수영장, 자쿠지가 있다.
- 체크인, 체크아웃 시간에 사람들이 붐벼 리셉션 대기 시간이 길다.
- 바닥이 마루가 아닌 카펫이다. 실내 슬리퍼가 필요하다. 요청 시 로비에서 주지만 품질이 좋지 않아 잘 사용하지 않았다. 아이들은 맨발로 다녔다.

(골드코스트) 메리톤 Southport

- 브로드워터파크랜드 트램역이 바로 앞에 있으나 버스는 이용이 어렵다.
- 숙소 근처에 큰 공원이 있고 도보 10분 거리에 복합쇼핑몰이 있다.
- 지하를 통해 바로 마트에 갈 수 있다.
- 수영장에 아담한 바비큐 시설이 있다.

- 실내 · 외 수영장, 비교적 큰 자쿠지가 야외에 있다.
- 대체로 한산해서 로비 대기 시간이 적다.
- 메리톤 kent에 비해 가전이 최신이다.
- 침실만 카펫이고 그 외 마루바닥이다.
- 시드니에 비해 숙소비가 저렴하다.
- 서퍼스파라다이스로 가려면 트램을 이용해야 한다.

공통점

- 공식 홈페이지 가입 후 eminence 멤버 할인을 받으면 가장 저렴하다.
  (hotels.com과 같은 외부 유입 사이트를 이용할 필요가 없음)
- 장기투숙의 경우 할인 폭이 크고, 조회 날짜에 따라 가격변동이 있으니 여행 시작일이 많이 남았다면 수시로 확인해 저렴한 날짜에 예약한다. 예약 후 취소가 용이하다.
- TV로 넷플릭스 블루투스 연결 시청이 가능하다.
- 40층 이상 고층 뷰가 만족스럽다. (예약 후 이메일로 고층&달링하버 뷰 요청)
- 샴푸, 컨디셔너, 바디워시, 바디로션 어메니티는 요청하는 만큼 작은 튜브로 제공한다.

- 캡슐 커피 맛이 좋다. 캡슐은 요청하는 만큼 준다.
- 냉장고, 세탁기, 건조기, 식기세척기, 전자레인지, 오븐, 토스터기, 캡슐 커피머신, 전기포트, 라이스쿠커(요청 시)를 제공한다.
- 장기투숙 시 주 1회 룸클리닝을 해준다.(바닥 청소기, 타월 정리, 침대시트 정리 등)
- 내가 투숙한 룸: 1bed room, 옷장과 금고가 있어 편리하다.
- 수영장과 피트니스가 있다.
- 호주 사람들은 수돗물을 마시므로 생수가 제공되지 않는다.
- 각종 식기, 프라이팬, 냄비 2개, 와인잔 등이 있다. 필요 시 요청하면 더 갖다준다.

부록 5) 지극히 개인적인 추천 리스트

반려도서 리스트

- 장재형, 『마흔에 읽는 니체』
- 장재형, 『내 곁에서 내 삶을 받쳐주는 것들』
- 김민철, 『우리는 우리를 잊지 못하고』
- 칼 세이건, 『코스모스』
- 김미경, 『김미경의 마흔수업』
- 신형철, 『인생의 역사』
- 에릭 와이너, 『소크라테스 익스프레스』
- 이정헌, 『우리 가족 호주에서 호주인처럼 한 달 살기』
- 스캇 펙, 『아직도 가야 할 길』

산책을 돕는 플레이리스트

- 스텔라 장, 〈L'Amour, Les Baguettes, Paris〉
- 스텔라 장, 〈Walking Down The Road〉
- 스텔라 장, 〈어떤 날들〉
- 스텔라 장, 〈나의 겨울 여행〉
- 권진아, 〈위로〉
- 정승환, 〈보통의 하루〉
- 정승환, 〈언제라도 어디에서라도〉
- 곽진언, 〈내 마음에 비친 내 모습〉
- Sarah Kang, 〈Summer is for falling in love〉
- Charlie Puth, 〈I Don't Think That I Like Her〉
- 드뷔시, 〈아라베스크〉

브런치 카페

- 시드니 The Grounds of the city
- 시드니 Quick Brown Fox Eatery
- 시드니 QVB Tea Room
- 골드코스트 Hot Shott

식당

- 시드니 KOBE 와규 뷔페
- 허리케인그릴

시드니) 아이랑 가기 좋은 곳

- 호주 국립 해양 박물 박물관(Maritime Museum)
- NSW 주립미술관(Art Gallery)
- NSW 주립도서관
- 호주 박물관(Australian Museum)
- 시드니 현대미술관
- 파워하우스 박물관
- 그린스퀘어 도서관
- ※ 스쿨홀리데이 프로그램 운영, 홈페이지 참고

골드코스트) 아이랑 가기 좋은 곳

- HOTA Gallery
- Southport Library
- Gold Coast Aquatic Centre(southport)
- Playground New Upgrade
- GC Aqua Park

추천쇼핑몰(브랜드)

- 어그 아웃렛 Wentworth Point
- DFO 홈부쉬 아웃렛(나이키, 스미글)
- 골드코스트 하버타운 아웃렛(cotton on, typo)

부록 6) 아이랑 호주 두 달 살기 소요 경비

항목	상세	비용(원)	비고
항공권	인천 – 시드니 왕복	5,320,000	프리미엄 이코노미 성인1, 어린이2
	시드니 – 골드코스트	260,000	성인1, 어린이2
	골드코스트 – 시드니	300,000	성인1, 어린이2
	합계	5,880,000	
숙박	공항 근처 1박	170,000	
	시드니 메리톤 켄트	5,200,000	29박
	골드코스트 메리톤 사우스포트	2,900,000	24박
	시드니 2박	390,000	Accor Plus 이용
	합계	8,660,000	1일 숙박비 약 15만 원
식비	장 보기(마트, 한인슈퍼 등)	2,000,000	
	외식비(간식, 음료 포함)	2,500,000	
	카페	650,000	혼자만의 시간
	합계	5,150,000	1인 1일 식비 약 3만 원
교통비	대중교통	500,000	
	택시비	250,000	
	합계	750,000	1인 1일 교통비 약 5천 원
스포츠 캠프	시드니대학 캠프(10일)	1,250,000	2인 기준(9-3시)
	올림픽파크 수영캠프(2일)	220,000	2인 기준(9-5시)
	합계	1470,000	1인 1일 캠프비 약 6만 원
체험비	수영 레슨(골드코스트)(8회)	350,000	2인 기준, 30분 레슨
	드로잉 클래스(5회)	110,000	1시간 30분 수업
	서핑 강습(3회)	390,000	2인 기준, 2시간
	골드코스트 테마파크 5종	580,000	성인1, 어린이2 기준
	포트스테판 1일 패키지	330,000	성인1, 어린이2 기준
	기타 입장료	700,000	동물원, 체험료 등
	합계	2,460,000	
쇼핑	생필품, 선물 등	1,800,000	
현금 사용		500,000	한국에서 환전해 간 금액
기타 잡비용(비자 발급비, 수수료 등)		330,000	
총 합계		27,000,000	

*항공권, 숙박비는 코로나19 영향으로 현재 시세와 크게 상이할 수 있음   *식비는 식성과 기호에 따라 상이할 수 있음